徳 間 文 庫

御家人やくざと無頼犬

ようござんすか

沖 田 正 午

徳 間 書 店

目次

第一章　出目《でめ》を嗅《か》ぎわけろ

一

白布の盆床《ぼんしょう》を、十五人の男衆《おとこし》が囲んでいる。

その中に一匹、栗毛の犬が交じって座っていた。

「ようござんすか?」

壺振《つぼふ》りの口上に、張り手である客が一様に固唾《かたず》を呑む。

丁と半の、確率半々の出目を当てる賽子博奕《さいころばくち》の賭場《とば》であった。

「ようござんすね?」

客に手目《いかさま》でないことを得心させて、賽壺《さいつぼ》を振る。

「入ります」

カラコロと転がる、二個の賽子の乾いた音が止《や》んだ。

「さあ、張っておくんなせぃ」

背中全面に昇り竜の刺青《いれずみ》が彫られた中盆《なかぼん》の濁声《だみごえ》に促《うなが》され、客たちは、勝負の駒《こま》札《ふだ》を張る。

「丁半、駒がそろいました」

中盆が、丁半同数の駒札を見て張り方を打ち切った。

「勝負！」

一同の目が、伏せられた賽壺《さいつぼ》に集中した。

犬だけは目を瞑《つむ》り、賽壺に鼻先を向けている。

犬の名は『牙黒《きばくろ》』といった。悪党の旗本から鉄漿《おはぐろ》を入れられ、全ての歯が黒く染まっている。

牙黒と名をつけたのは、傍《かたわ》らに座る黒羽二重《くろはぶたえ》の着流し姿の若い浪人であった。名を『若内白九郎《わかうちしろくろう》』という。御家人の嫡男《ちゃくなん》であったが、子どものころから素行が悪く、十七歳にしてとうとう親から勘当《かんどう》されて浪人の身となった。若い内に苦労をしろという親の願いは、裏目と出たようだ。

その白九郎と牙黒が、並んで鉄火場《てっかば》に座を取っていた。

盆茣蓙《ぼんござ》に載った賽壺が開けられる。

「五二《グニ》の半」

すかさず中盆が出た目を読んで、座にどよめきが沸《わ》き起こった。にこやかに笑う者がいれば、苦渋《くじゅう》に顔を歪《ゆが》める者もいる。

白九郎の目元はほころんでいる。膝元《ひざもと》に倍となった駒札が戻され、喜ぶ側に回っていた。

〈……どうです、兄い〉

誇らしげに、牙黒は囁《ささや》く。

「……ああ、たいしたもんだ」

呟《つぶや》くように白九郎は言うと、牙黒の頭を撫《な》でた。

どういうわけか、この白九郎と牙黒は話ができる。

「――人間と犬とだって、心が通じ合えば話ができるもんですぜ」

白九郎は、ことあるごとに語っていた。

かつて、白九郎が牙黒を助け、最近になって牙黒が白九郎の窮地《きゅうち》を救った。互いが言ってることを理解できたのは、そのときからであった。

――よし、次の勝負も頼むぜ。

声には出さずに、白九郎は牙黒の背中を軽く叩いた。

――任せておくんなさい。

牙黒もワンとは鳴かず、前足の肉球を振ってみせた。

牙黒を賭場に上げるにあたり、仕切り役である中盆とやり取りがあった。

「――お客さん、賭場に犬はいけませんや」

「おとなしい犬なんだ。そこをなんとか頼む」

と言って、白九郎は一両を中盆の手につかませる。

「仕方ねえなあ。ただし、鳴き声一つでも立てたら、即刻出ていってもらいやすぜ」

「分かった。よく言っとく」

「よく言っとくって、誰に向かって言ってるんで？」

「いや、こっちのことだ」

うまいこと牙黒同席の許しを得て、白九郎は乗り込む。

「――ワンと一声でも鳴いたら、追い出されるぞ」

〈――分かりました。任せておくんなさい〉

賭場で話はできないと思い、白九郎と牙黒は、あらかじめ仕草での符牒《ふちょう》を決めてあった。

五二の半が当たり、次の勝負となった。

作法どおりの口上があって、壺振りが盆茣蓙に賽壺を伏せる。

牙黒は体を伏せたまま、目を閉じる。微《かす》かに動いているのは、黒い鼻先だけだ。全神経を鼻に集中させている。

犬の嗅覚は、人間の千倍もあるという。牙黒は、丁目半目をにおいで読んだ。

——兄い、今度は丁ですぜ。

牙黒は尻尾《しっぽ》で出目を知らせた。

白九郎は、何気ない素振りで牙黒のうしろに手を回して尻尾に触れる。左に向いているときは『丁』、右に向いているときは『半』と取り決めていた。

尻尾が左に向いている。

「丁！」

かけ声大きく、白九郎は一両分の駒札を置いた。

「一《ピン》ゾロの丁」

ここまで、五回の勝負で白九郎には負けがなかった。一回一両ずつの勝負で、五両の儲《もう》けが出ている。儲けの二割を寺銭《てらせん》で差っ引かれても、まずまずだ。

「お侍《さむらい》さん、今夜はついてますねえ。そんなにつづけて当たるなんて、滅多《めった》にないことですよ」

隣に座る商人風の男から声がかかる。

「たまたまですよ」

勝ちがつづくと、嫉妬《しっと》と猜疑《さいぎ》の目が集まる。欲のかきすぎは禁物と、白九郎は自分に言い聞かせた。

次の勝負へと移る。

賽壺が伏せられ、客が一斉に出目を読む。

牙黒も鼻先を賽壺に向けたそのときであった、隣に座る男が牙黒に尻を向け放屁をした。

――うっ、たまらねえ。

思わず、ワンとひと吠え出かかったが、牙黒は既《すんで》のところで堪《こら》えた。

――おい、どっちだ？

白九郎の手が、牙黒をせっつく。

牙黒の尻尾が、左と右を行ったり来たりしている。こうなると白九郎は自分の勘に頼るほかはない。

「丁」

と、自信なさげに駒を張る。

「四三の半」

白九郎の手もちが、一両目減りする。牙黒の鼻が元に戻ると、次の勝負で一両を取り返し、賭場をあとにすることにした。

寺銭二割を引かれても、四両の儲けに白九郎は上機嫌である。

白九郎が牙黒と住む、神田連雀町《れんじゃくちょう》へと向かうその道すがらであった。牙黒が白九郎に声をかけた。

〈兄い、さっきはすいませんでした〉

「何を謝るんだい？」

〈出目をしくじりまして……〉

「そんなことか。かえって都合がよかったぜ。五回も勝ちがつづいて、隣の野郎が変な目で見てやがったからな。謝ることは、ちっともねえぜ」

〈そうでしたかい。怒られないでよかった〉

宵《よい》の五ツが近い。賭場に入ったときは薄明るかったが、すでに大江戸八百八町は闇の中にあった。いずこからともなく「ウォーン」と、野犬の遠吠えが聞こえてくる。

〈兄い、あれは腹が減ったという鳴き声ですぜ〉

「そうかい。だけど、どうしてやることもできねえだろう」

〈あそこに夜泣き蕎麦屋《そばや》が出てますぜ。腹っぺらしみてえだから、あいつらにも何か食わせてやってくれやせんか？〉

「ああ、かまわねえよ」

白九郎は、気楽に答える。

「ウォーーン」

と、牙黒が遠吠えのしたほうに向けて、吠え返す。すると、どこから集まったか野犬が二十四。

「ずいぶんと来やがったな」

白九郎が慌《あわ》てふためいたかというとそうではない。みんなまとめて面倒を見てしまうのが、白九郎の腹の太いところである。

〈いいんですかい。みんなそろってご相伴《しょうばん》にあずかって？〉

一匹の犬が、牙黒に訊《き》いた。

犬同士の対話である。牙黒と犬たちの話は、白九郎には通じない。

〈兄いは、いいって言ってるぜ。今夜はしこたま儲《もう》けたからな〉

〈儲けたって、なんでやす？〉

〈そんなこと、なんだっていいやな〉

そのとき、一匹の大型犬が体を揺らしながら近づいてきた。下膨《しもぶく》れで、目がぎょろりとしている。土佐犬の血筋を引く雑種であった。

〈牙黒じゃねえか。こんなところに犬を集めて何してる？〉

先だって、薬問屋『武田屋《たけだや》』の娘、お美乃《みの》を救い出すため、本所《ほんじょ》にある旗本の屋敷に乗り込んだ際、三十匹の手下を引き連れ、助《す》けてくれた野犬の親玉であった。

〈ああ、親分……〉

牙黒が経緯《いきさつ》を話す。

〈白九郎さんがかい。どこにいるんでえ？〉

白九郎は、十間《けん》先に店を出す夜泣き蕎麦屋の親爺《おやじ》と話をしている。

「蕎麦三十玉茹《ゆ》でてくれ。それに、かつお節を振りかけてくれねえか。ああ、汁《つゆ》はいらねえ」

「蕎麦玉とかつお節ですかい？」

妙な注文に、蕎麦屋の親爺が戸惑っている。

「あそこに、犬たちが二十匹ほどいるだろ。あいつらに食わせるんだ」

白九郎が話しているうちに、野犬たちが近づいてくる。

「すまねえ、お客さん。うちには人間に食わせる蕎麦はあっても、犬に食わせる蕎麦はねえ」

「そう言わねえで。奴らだって、必死に生きてるんだ」

白九郎と親爺の話が、牙黒の耳に入ってきた。蕎麦屋の言っていることは理解できないが、白九郎の言っていることは分かる。交渉は難航しているようだ。

「あいつらは、役に立たねえ邪魔もんだと思ってんだろうが、そうでもねえぞ。こちらの出方によっちゃ、これほど頼りになるもんはねえ。ああ、人間以上にな」

〈兄い……〉

白九郎の話を聞いて、牙黒はホロリとしたが、犬なので涙はこぼれない。さっそく野犬の親玉に伝えた。

〈なんてえ、お人だい。あらためて、惚《ほ》れ直したぜ〉

親爺との交渉がつづいている。

「銭を出さねえなんて、言ってねえぜ」

白九郎は懐《ふところ》から財布を出すと、横板の上に一両の小判を置いた。

「これでも、駄目かい？」

一両あれば、町人一家が一月《ひとつき》暮らせる額である。蕎麦三十玉どころではない。

一両の小判を置かれ、親爺はほくそ笑んで態度を変えた。

「ようござんす。今夜はこれで、店じまいだ。蕎麦が二十玉とうどんが二十玉あるけど、それでいいかい？」

「ああ、充分だろうよ」

〈おい、うどんと蕎麦どっちがいい？〉

犬たちを仕切るのは、親玉である。犬たちに、好きなほうを選ばせた。

〈わての祖先は上方《かみがた》ですさかい、やっぱりうどんでんなあ〉

〈江戸っ子のあっしは、蕎麦……〉

蕎麦とうどん都合四十玉を、二十数匹の犬で平らげる。それを見て白九郎は、はたと思った。

「……いけねえ、自分の分を頼むの忘れてた」

白九郎は、その日の夜食をあきらめることにした。

二

やがて犬たちは食い終え、それぞれの礼を残して散っていった。白九郎には犬の鳴き声としか聞こえないものの、その気持ちは充分に伝わってくる。

「……いいってことよ」

白九郎は呟きで返した。

最後まで残ったのは、大型犬の親玉である。

〈白九郎さん、ありがとうございやした〉

と、礼を言われても、白九郎には伝わらない。

「なんて言ってんだ?」

牙黒に問うた。

〈ありがとうって、礼を言ってますぜ〉

「何を言ってやがる。こんなことぐれえで……」

　フンと鼻で笑ったのは、白九郎の照れ隠しであった。

〈牙黒、白九郎さんに、頼んじゃくれねえかい〉

〈何をです？〉

〈おれに名をつけてくれねえかと……〉

　牙黒は、親玉の願いをそのまま白九郎に伝えた。

「そうか。いつまでも親分とか親玉ってわけにもいかねえかい……」

　ちょっと待ってろと、牙黒に向けて言った白九郎は腕を組んでしばし考えはじめる。しばらくして口を開いた。

「だったら、千代丸《ちよまる》ってのはどうだ？」

〈あんまり強そうな名じゃねえですねえ〉

　牙黒から聞いた親玉は気に入らないらしい。

「昔、千代《ちよ》の富士《ふじ》って強い力士がいて、横綱にまでなったけどな。それと、東《あずま》千代之介《ちよのすけ》って強い侍《さむらい》もいたし」

〈そんなこと言ったって、犬には通じませんよ〉

　親玉の願いを牙黒が白九郎に伝え、白九郎の返事を牙黒が聞いて親玉に伝える。

そんなやり取りを、不思議そうな顔をして蕎麦屋の親爺が見やっていた。

「……なんだい、あいつらは?」

人間と犬とが話をしているように、蕎麦屋の親爺には見える。

気味が悪いと、屋台を動かそうとしたとき、ふと親爺の頭をよぎるものがあった。

「あの若い浪人、惜しげもなく一両の大枚を叩《はた》き、犬たちにめしを食わせてやった。そういうことかい」

親爺は得心したという思いで、うなずく。

「お侍さん」

親爺が、白九郎に声をかけた。

「なんだい?」

「四十玉で一両はもらいすぎだ。これだけありゃ、五百玉は買えるからな。そんなんで、腹を空《す》かした犬を見つけたらあっしのほうから食わせてやるけど、いいかい?」

「そうしてくれりゃあ、犬たちも喜ぶぜ」

〈兄い、なんて言ったんです?〉

白九郎は、親爺の言葉をそのまま牙黒に語り、それが親玉へと伝わった。

〈すまねえ……〉

感動したのか、親玉がクーンと柄《がら》にもなく弱々しい声を出した。

〈人間てのは、どっちかに分かれるもんだなあ〉

親玉が、牙黒に話しかける。

〈いい人間と、悪い人間てことですかい〉

〈ああ、そうだ。これだけの情けを見せつけられちゃあ、おれもこれから善行を重ねることにするぜ〉

そんな犬同士のやり取りに、白九郎が目を向ける。

「親玉は、なんて言ってる？」

〈なんですか、これから侠客《きょうかく》として生きるとかなんとか……〉

親玉の言ったことをそのまま伝えたら、野犬の親玉としての貫禄《かんろく》が損なわれる。そう思った牙黒は少し曲げて言った。

雨期も終わり、夏が盛りになったころである。遠くで稲光がし、少し遅れて雷鳴が聞こえてきた。

夕立が来そうである。

「そうか、侠客か。少しは、貫禄のある名でねえといけねえな。だったら、こんなのはどうだ？」

〈へえ、どんなんです？〉

牙黒の問いかけに、親玉も白九郎の口からどんな名が出てくるのか、垂れていた耳を立てた。

遠く空を見上げながら、白九郎が言う。

「雷光《らいこう》ってのはどうだ？」

〈らいこうですかい？　どうもしっくりこないですね〉

牙黒は言う。

「贅沢《ぜいたく》を言うんじゃねえ」

〈兄いは、遠くで光った稲光を見て思いついたんでしょ。もう少し、考えてやっておくんなさいな〉

面倒と思う本心を見透《みす》かされ、白九郎は二の句が継げない。

「分かったよ。それにしても、名をつけるってのは難しい。そろそろ、雨が降ってきそうだし、だったら面倒くせえ。これでどうだ。昔、相撲取りで飛び切り強い『雷電《らいでん》』てのがいたけど、それをもらっちまえ」

〈面倒くせえって、ずいぶんと安易な……〉

〈おい、牙黒。おれはその『らいでん』てのがいいぜ〉

〈親分は、兄いの言ってることが分かるんで？〉

〈いや、分かりはしねえ。ただ、らいでんってとこだけ聞こえたので、名だと思ったんだ。違うか？〉

〈ええ、さいですが。なんだか、強い相撲取りの名をそのままもらっちまえだとか。ずいぶんと安易で……〉

〈いいってことよ。どうせ、犬の間だけで通じる名だ。貫禄があって、いい名じゃねえか。雷電か、おれは気に入ったぜ〉

これで、親玉の名は雷電と決まった。

〈親分、こんなところにいたんですかい？〉

そこに雷電の子分が三匹ばかり、近寄ってきた。

〈これは、牙黒の兄貴……〉

〈おい、てめえら。白九郎さんに挨拶《あいさつ》しねえか〉

〈これはとんだ失礼を……〉

みな、白九郎をよく知る犬たちである。だが、白九郎からすると、犬の顔はどれもよく似ている。挨拶をされても、ワンワンとやたらうるさく聞こえるに過ぎなかった。

〈おれは、白九郎さんから雷電という名をつけてもらった。これからは、雷電と呼べ〉

〈かっこいいお名ですね、雷電〉

〈貫禄充分でございやすね、雷電〉

〈ますます強そうですぜ、雷電〉

子分の犬が、雷電の名を口にしておべっかを使う。

〈おい、ちょっと待て。どうも、呼び捨てにされている気がしてならねえ。かといって、さんづけやちゃんづけでは情けねえ。やっぱりおめえらは、親分と呼べ。雷電と呼ぶのは、白九郎さんだけでいいや〉

犬たちのやり取りよりも、白九郎は西の空が気になる。

「牙黒、降ってきそうだから急ごうぜ」

雷電とその子分たちと別れ、白九郎と牙黒は帰路を急いだ。

夜泣き蕎麦が屋台を出していたのは、神田豊島町《としまちょう》の辻《つじ》である。白九郎が住む一軒家まで、まだ五町以上の道のりがあった。

すでに、宵五ツの鐘が鳴ってから四半刻《しはんとき》が経《た》っている。

白九郎と牙黒が、筋違御門《すじかいごもん》近くの八ツ小路に差しかかり、家まであと一町といったところで、樽桶《たるおけ》をひっくり返したような大雨となった。

全身ずぶ濡れになって、家に転がり込む。

〈親分の名は、あとで考えてやればよかったですね〉

そのおかげで、足止めをくったと牙黒は愚痴《ぐち》を言う。

「まあ、しょうがねえ。早く体を拭《ふ》かねえと、風邪《かぜ》をひくぞ」

びしょ濡れのまま廊下を歩き、奥の風呂場へと急いだ。


「それにしても、牙黒の鼻はたいしたもんだな」

風呂から上がり、さっぱりとした白九郎はくつろいだ気分で牙黒に言った。

〈あれだけ修練をさせられちゃあ、誰だってできまさあ〉

牙黒は、腹ばいとなって白九郎に答える。

「誰だってってこともねえぞ。いや、たいしたもんだ」

〈でも、弱点がありましたぜ〉

「なんだ、弱点てのは？」

〈隣にいた野郎の屁ですよ。あれだけは、たまらねえ〉

「なんでえ、そんなことか。それでしくじったって、かまわねえってさっきも言ったじゃねえか。気になんかするんじゃねえ」

〈……そういうつもりで、言ったんじゃねえんですけどねえ〉

いろいろと思うところがあるものの、牙黒はクーンと呟き、あとの言葉を飲み込んだ。

三

白九郎と共に賭場に出入りするのを、牙黒は端《はな》のうちは嫌がっていた。

一月《ひとつき》前に、こんなやり取りがあった。

「──もち金も底をついてきたし、そろそろ賭場で稼ぐとするかい」

〈本来ならば、銭金がなくなればそういうところには、出入りしなくなるもんじゃないですかい？〉

「おれは違う。牙黒がいるからな」

〈あっしがですかい。賭場で、なんの役に立てるってんです？　だいいち、あっ

しはそんなところに行ったことは、一度だってありませんぜ〉

「行ったことねえのがあたり前《めえ》だろ。やくざの鉄火場に犬がいるなんてのは、おれだって見たことがねえ。だが、そんなのはどうでもいい。おれの隣に寝そべっててくれりゃいいんだ」

〈相手から、断られませんかね？〉

「やってもみねえうちから、できねえなんて言ってあきらめる奴がいるけど、あいうのは大物にはなれねえ。やりたくねえのなら、最初からはっきりとできませんて断ったほうが、よっぽど男らしいぜ」

〈別に、大物になんかなれなくても……〉

「まあ、屁理屈はいいから聞け」

〈でしたら、できません〉

「そんな最初からつれねえこと言わねえで、話ぐらいは聞け」

〈そりゃ兄いの頼みなら、なんでも聞きますがね。ですが、最初に言っときますけど、できねえものはできねえって断りますけどよろしいですかい？〉

　男らしいと言った手前、白九郎は渋々うなずく。

「ああ、なんども言わすない。そこでだ、牙黒。おれはおまえをなんとかして、鉄火場の盆床の前に座らせる」

〈座るだけならかまいませんや〉

――どうせ、よからぬことを企《たくら》んでいるのだろう。

だが、牙黒はそんな白九郎を頼もしく思った。弱みを見せては生きていけない渡世に、身をおく者同士である。きれいごとでは済まされないことだってある。

――考えてみたら、あっしも無頼犬。どうせ、お天道様《てんとうさま》には顔向けできねえ日陰の身だ。

「おい、牙黒。何を考えてるんだ？」

〈いや、なんでもありません。それで、兄いの考えていることを聞かせちゃくれませんか？〉

「やる気になったかい？」

〈話を聞くまでは、なんとも。ですが、あっしにできることでしたらなんなりと〉

白九郎の次に出た言葉は、牙黒にとって無理難題であった。

「牙黒に、賽《さい》の目を読んでもらいてえんで」

〈賽の目ってのは、あの四角い賽子《さいころ》……一から六までの？〉

「そうだ」

〈昔飼われていたところの坊っちゃんが、賽子で双六《すごろく》をして遊んでましたから、どういうものかぐらいは〉

「そうか。ちょっと待ってろ」

白九郎は、隣の部屋から何やら手にして戻ってきた。

籐《とう》に柿渋が塗られたお椀形の賽壺に、二個の賽子を牙黒の前に置いた。

「これが賽壺と賽子だ」

〈これを、どうしろと？〉

「いいか、よく見てろ」

ようござんすかと壺振りの口上を発して、白九郎は畳の上に賽壺を伏せた。

「丁と半て知ってるか？」

〈言葉だけは。ですが、なんのことだか……〉

「丁ってのは割り切れる数で、二四六八十を言う。半は割り切れない数で、一三五七九だな。二個の賽子の出目を足して、割り切れれば丁。その逆が半だ」

〈ずいぶんと、難しいもんなんですねえ。さっぱり分からねえ。なんですかい、

その割り切れるとかってのは？〉

考えてみれば、数というものを犬に教え込まなくてはならないのだ。

「こいつは弱ったな。そうだ、掌《てのひら》を出してみろ」

〈掌ってのは、前足でいいんですかい？〉

「それでいい。開いて見せてみろ」

牙黒は言われたとおり、白九郎に前足の肉球を差し出した。

「なんでい、指が四個しかねえのか。六個欲しいのにな」

〈ちゃんと、五個あるはずなんですがね。ちょっと離れたところに親指が〉

「まあ、いいや」

白九郎は、牙黒の前足一本を手に取ると、四個の肉球を触りながら数えはじめた。

「これが一。これとこれで、二だろ……」

〈兄い、くすぐったいですぜ〉

こそばゆくてたまらないと、牙黒は前足を引っ込めた。

〈賽子そのもので、教えてくれりゃあいいじゃねえですか。犬の足なんか使わねえで……〉

それもそうだなと、白九郎は得心し賽子を牙黒の目の前に転がした。

賽子を使えば、よほど教えやすい。牙黒は、すぐに一から六までを覚えた。しかし、その先が難関であった。二個の賽子の目を足し算しなくてはならないのだ。

「覚えるほかにないな。まあ、それも修業だ」

一《ピン》ゾロから六ゾロまでの組み合わせは、二十一通りある。

十以上の数字は、牙黒にとっては未知である。

二十一通りの出目を覚え、それをさらに丁半に振り分ける。犬が生きていく上で、まったく必要のない能力である。

白九郎は、それを根気よく牙黒に教え込むことにした。

賽子二個を使っても、すぐに牙黒は忘れてしまう。

特訓は、すでに五日に亘《わた》っている。それでも徐々に牙黒は、数というのが、どういうものか分かりかけてきた。

「二と五で、幾つだ？」

問いを出され、牙黒は前足の裏を眺《なが》めた。小さい肉球が四個に大きい肉球が一個ある。それを数えて五とする。右前足で五を数え、左前足で二を数える。すでに、一から十二までの数は言えるようになっている。

〈七ですかい？〉

「おお、たいしたもんだ。よく、そこまでできるようになったな。そしたら、それは丁か半か？」

またも問題を出され、牙黒ははたと考えた。そして、じっと前足を見る。肉球を二個ずつに振り分けると、一個余る。

〈半……ですかい？〉

「すごいぞ牙黒。人間の餓鬼《がき》だって、ここまでのことをできる奴はいねえ」

世の中に、数を数えられる犬などどこにもいない。白九郎は感慨一入《かんがいひとしお》となった。

だが、これではまだまだ鉄火場に連れていくことはできない。

肉球を数えて出目を読んでいたのでは、一勝負はとっくに終わってしまう。賽壺が伏せられた瞬間、即座に白九郎に出目を伝えなければならない。いい手立てがないかと、白九郎は、悩みに悩んだ。

悩んでいるのは、牙黒も同じである。

〈……賽子《さいころ》二個で言われても、すぐに忘れてしまう。そうだ！〉

牙黒は閃《ひらめ》いた。

〈ここには書くものってありますかい？〉

「筆と紙か？　そのぐれえならある」

〈そいつに、出目を全部書いてくれやせんかね〉

「なるほど。やっぱりおめえは、犬の天才だな」

牙黒の言わんとしていることを、白九郎はすぐに察した。

草紙紙《そうしがみ》を二枚持ってきて、丁と半に振り分ける。

小さな枡《ます》を画《か》き、二個ごとに並べて画いた。

「まずは丁の目からだ……」

白九郎は、枡の中に賽子の目をそのまま入れはじめた。

「これが、一《ピン》ゾロだろ……」

赤ではないが、黒丸を一つそれぞれの枡に入れる。次に、黒丸一つと斜めに黒丸三つである。そういう具合に、まず丁目の図を画き込んだ。

〈これなら覚えやすいですねえ。どうして、端《はな》からそうしなかったんでしょう？〉

「やっていくうちに、いい考えってのは浮かんでくるもんだ。最初からポンポン飛び出してくりゃ、誰だって苦労なんてしねえさ」

〈なるほどねえ。いちいち兄いの言うことには、含蓄《がんちく》がある〉

そうこう喋《しゃべ》りながらも、半の目の図が画き上がる。

「こっちの出目が、丁。こっちが、半だ。分かるかい？」

〈ちょっといいですかい〉

二枚の出目を見比べながら、牙黒は得心する顔を見せた。

〈これだと、分かりやすいですねえ〉

四

出目が画かれた二枚の紙をじっと見つめ、牙黒は頭の中に叩き込んだ。

〈おおかた覚え込めたと思うんですが……〉

「よし。実際の賽子で、試してみるか」
七、八回試して、牙黒は全部を当てた。
「たいしたもんだな、牙黒。端のうちはできねえとあきらめてたことでも、やればできるというのが分かっただろ」

〈ええ、まあ……〉

　ここまでは、なんとか努力すればできると牙黒は思っていた。だが、本当に牙黒が苦労するのは、これからである。それが頭をよぎって、返す答えが沈みがちとなった。

「どうしたい？　元気がねえな」

〈これだけじゃ、終わらないんでしょ？〉

　出目を覚えただけでは、子どもを鉄火場に連れていくようなものである。肝心なのは、ここから先であった。

　賽壺に伏せられた、見えない賽の目を読む。

　それを白九郎は、牙黒にやらせようとしていた。


「さて、次だ……」

　畳の上で賽壺が伏せられた。その中に賽子が二個入っている。

「さあ、出た目を当てな」

〈当てなって簡単に言われましても、中は見えませんぜ〉

「そりゃ見えねえだろ。誰だって見えねえ。そこをなんとか、牙黒の本能で見破ってもらいてえんだ」

〈そりゃいくら兄いだって、言ってることが無茶ってもんですぜ〉

「そこをなんとか、おまえの勘《かん》てもので……」

〈あっしは、そんなに勘が鋭いほうではありませんぜ〉

「やっぱり、無理か。今までの苦労は水の泡となるが、しょうがねえな。今まで、すまなかったな。腹減ったろ、うどんでも食いに行くか？」

白九郎が引いてみせた。

〈ちょっと待ってくださいよ、兄い……〉

引けば押してくるのが牙黒の性格と、白九郎は見抜いている。

「どうした。もう、苦労することはねえんだぜ」

〈いえね。せっかくここまで来たんだから、やってみましょうぜ〉

案の定、牙黒が乗ってきた。しめたと思うも、白九郎はあえて渋い表情をつくる。

「いや、どう考えたっておれが甘かった」

言いながら、ちらりと横目で牙黒の様子を探る。

「どうしようってんだい？」

〈それを今、考えているところなんでさあ〉

畳に腹ばいとなり、顎《あご》までべったりつけている。目線の先に、伏せられた賽壺がある。牙黒は、それをじっと見つめていた。

「見てるだけじゃ、分からねえだろ」

〈さいですねえ。でしたら、目を瞑《つむ》って……〉

牙黒は、目を閉じると鼻に神経を集中させた。

〈……あっしが、人間より優れた能力があるのはここだから〉

牙黒が思いついたのは、賽子のにおいで出目を嗅《か》ぎ分けられないか、ということであった。

〈兄い。賽子のにおいを嗅がしてはくれませんか〉

「においだと……ってことは、鼻でもって出目を嗅ぎ分けようってのか？」

〈へえ。そいつをやってみようかと。それ以外では、あっしの能力ではとても……〉

「だけどどうやって、においを嗅ぎ分ける？」

〈ですから、実際に嗅いでみて……〉

牙黒に言われるがまま、白九郎は賽子二個を牙黒の鼻先に差し出した。

首を回し、賽子を舐《な》め回すように牙黒はにおいを嗅ぐ。

「どうだい？」

〈ちょっと、黙っててくれませんかね〉

白九郎の余計な口を抑え、牙黒は一心不乱に賽子に集中している。

〈……どこかに手がかり、いや鼻がかりがあるはずだ〉

普通の犬よりも、二倍の嗅覚をもつと自慢する牙黒である。人間では絶対に嗅げない、微細なにおいまで拾うことができると、牙黒はそこに賭《か》けた。

〈ん……？〉

牙黒の鼻先が動いた。

「何か、気づいたか？」

白九郎が思わず声をかける。

〈……穴の数か〉

白九郎の問いには答えず、牙黒が呟く。

賽子には、一から六まで数を表す穴が彫られている。数により微妙ににおいが変わっていた。賽子についた人の指のにおいが、数によって違うことに牙黒は気づいた。

大きい穴が一つのピンと、小さな穴が六個の六は、容易に区別できた。

〈そいつは、分かった。だが……〉

「分かったって、何がだい？」

いつしか白九郎は、正座をして牙黒を見やっている。

〈それがですねえ、兄い……〉

これまでに分かったことを、牙黒は聞かせた。

「へえー、賽の目のにおいでか？」

感心したきり、そのあとの言葉が出てこない。

〈とりあえず、出目は嗅ぎ分けられると思うんですけどね。もっとも、今のところ兄いの手のにおいだけですが……〉

他人のにおいで嗅ぎ分けられるかどうかは分からないと、牙黒は言葉を添えた。

「それだけだって、たいしたもんだぜ」

〈そこで、あとは兄いの考えも聞こうと思いまして……〉

「おれにかい？」

〈これからが、正念場でさあ。あっしだけでは……〉

「分かった。何だい？」

〈賽壺ってのは、みんなこのような形で？〉

「ああ、大方そうだな」

賽壺は、籐で編まれ表面に柿渋などで塗装されているのが一般であった。牙黒にとって幸いだったのは、籐の網目の隙間《すきま》から、かすかににおいが漏れてくることであった。

〈これだけ嗅げれば充分だ〉

牙黒は、ほっと安堵《あんど》の息を吐《つ》いた。


丁目半目の区別はできる。賽の目はにおいで嗅ぎ分けられそうだ。伏せられた賽壺でも、嗅ぐことはできる。

〈そこまでは、なんとかできたんですが……これからが、難しい〉

クウンと鼻を鳴らして、牙黒は目を閉じた。

賽壺に伏せられた賽子の、天に向いている出目を読まなくてはならない。

試しに白九郎が賽壺を振った。賽子が伏せられ、牙黒がにおいを嗅ぐ。

〈駄目ですわ。いろいろな数のにおいが混じって……〉

とても、天に向いた出目など読めはしないと、牙黒は消沈する。

「そうだよな……。人間などには、とうていできっこないことを、牙黒はやってるんだもんなあ。こりゃ、どうやったって無理ってもんだぜ」

〈兄い。やりもしねえであきらめたら、大物になれねえって言ったのは兄いでしたぜ〉

「牙黒。おめえ……」

〈あっしは、とことんやりますぜ。どうです、兄いはやる気ありますかい？〉

「あたりめえじゃねえか」

〈これからは、兄いのほうが大変になるかもしれませんぜ〉

「おれのほうがか？」

牙黒の言っている意味が呑《の》み込めず、白九郎は首を傾《かし》げた。

〈ええ、そうです。これからは、兄いに手伝ってもらわなくてはなりません〉

「何をすればいい」

〈どんどこ賽壺を振ってもらいてえんで……〉

天に向いた出目だけを嗅ぎ分けられるよう、牙黒は鼻に覚え込ますと言う。そのために、白九郎はひたすら賽壺を振ることになる。なんど振ればいいのか、計り知れない。徒労に終わることも考えられる。そんな思いがよぎるものの、白九郎は大きくうなずきを牙黒に返した。

「ああ。手の皮がすりむけたって、おれはやってやるぜ。よし隣の蕎麦屋で、うどんを食って腹ごしらえしたら、はじめようぜ」

〈そうしましょうかい〉

五

長かった雨期も、そろそろ明けようとしていた。

暑さも徐々に増してきている。

白九郎と牙黒が家の中で修練をはじめたとほぼ同時に、雨期の最後のあがきともとれる雨が降りはじめた。

夕方から落ちてきた雨は、これから三晩四日に亘り、降りつづくことになる長雨であった。

「それでは、はじめるか」

〈へい〉

牙黒の短い返事があって、白九郎が賽壺を振った。

〈……分からねえ〉

何遍やっても、答えは同じだった。

〈五と二の半〉

賽壺を開けると、まったく別の出目であった。

十回、二十回やっただけでは、とても鼻に覚えこませることはできない。ことごとく外れ、牙黒は自分の思い上がりを知った。

〈やっぱり難しいですねえ〉

本心から出た牙黒の弱音《よわね》であった。

「何を言ってやがる。まだまだだ。いやってほどの数を振ってくれと言ったのは誰だい？」

〈すいやせん〉

気持ちをもち直して、牙黒は鼻先に神経を集めた。

外の雨も、だんだんと強さを増している。屋根を叩く雨音も、音量を増してきていた。武州川越の商店の小僧が、賽子の転がる音で出目を聞き分けることができると、白九郎は聞いたことがある。その小僧には、雨音は邪魔だろうが、牙黒の武器は鼻である。

黒く垂れ込めた雨雲も、やがて闇の中へと溶け込んでいく。

暮六ツを報《しら》せる鐘が鳴り、さらに一刻《いっとき》が過ぎて宵五ツの鐘が鳴りはじめた。

これまでいく度賽壺を振ったであろう。白九郎の腕は、もち上がらぬほど肩に張りを生じていた。

「きょうのところは、そろそろしまいにするか？」

〈さいですねえ。あっしが人間なら、肩を揉《も》んで差し上げますのに〉

「ありがとうよ。気持ちだけで、充分だ」

数百回も賽壺を振れば、まぐれでも幾らかは当たる。

「二十回ほど当たったけど、何か感じるものがあったのかい？」

〈いえ、適当に頭に浮かんだ数を言っただけで、みんなまぐれでさあ〉

「そりゃしょうがねえさ。たった一刻や二刻の修練でもって、開眼《かいげん》しようなんてのが、土台無理な話だ。桃栗三年、柿八年と言ってな……」

〈なんです、それは？〉

「実をつけるまで、桃栗は三年……」

〈意味は分かりましたが、そんなには待ってられねえでしょ〉

「そうだな。早いとこ覚えてもらわねえと……」

〈兄い、今なんて言いました？〉

「桃栗三年か？」

〈いや、そうじゃなくてそのあとの……〉

「覚えてもらわねえと……だったかな」

〈そいつですぜ。まず、賽の目ごとのにおいを覚えちまうんですよ〉

牙黒の発想に白九郎は驚いた。

「そんな芸当、できるんかい？」

〈また言います、兄い。やってみる前に、できねえとは言えませんぜ〉

「分かった。それじゃあ……」

〈いや、きょうはもう休みましょう。兄いの手が、籐《とう》ですりむけてるじゃありませんか〉

牙黒に言われて、白九郎は自分の手を見やった。すると賽壺を握る指が、赤くただれている。

「なんだかヒリヒリすると思ったけど、これか。こんなもんは、たいしたことはねえ」

〈ですが、それ以上ひどくなったら、あとは誰が賽壺を振ってくれるんです?〉

そこまで言われては、白九郎としても引かざるを得ない。

「牙黒の言うとおりにするかい」

その日の特訓は、これでお開きとなった。

外の雨は、間断なく降りつづいている。雨足はさらに激しさを増してきたようだ。

うつ伏せに寝る白九郎の肩に、牙黒が乗る。

〈右肩が、やっぱり凝《こ》ってますね〉

一日中、酷使してできたこりこりを、牙黒は肉球で揉《も》みほぐす。

「ああ、気持ちいいな」

やがて、白九郎は深い眠りへと入っていった。


特訓をはじめてから、三日が経った。

長雨はまだ、朝から降りつづいている。やむどころか、雨足はさらに強さを増しているようだ。風も強くなっている。

「野分《のわき》が来てるみてえだな」

〈なんですかい、のわきって〉

「でけえ嵐のことだ。そんなことはいいから、はじめるか。きょうも、特訓にはおあつらえ向きの天気だぜ」

〈さいですねえ……〉

だが、心なしか牙黒に元気がない。

「どしたい？　いつもの勢いがねえな」

〈どうやら、あっしには能力が……〉

「もうへこたれちまいやがったか。そんな簡単にいきはしねえだろうよ」

と言っておきながらも、白九郎も内心弱気になっていた。

——どれだけかかるんだい、この技の習得には。いや、一生かかったってできねえかもしれねえ。

「牙黒の言うことももっともだ。土台、博奕に勝つのにおめえを頼ろうとしたのが間違いだった。ここは一つ、考え直すとするかい」

言うと白九郎は、畳の上にごろんと横になった。腕枕をして、天井の節穴を見つめている。

〈何をしてるんです、兄い？〉

「もう、やめようや。これだけやりゃあ、もうたくさんだ」

〈ずいぶんと、あきらめんのが早いですねえ〉

この一人と一匹。どちらかがへこむと、どちらかが立ち上がる。起き上がり小《こ》法師《ぼし》のようである。白九郎が、苦笑《にがわら》いを浮かべながら、体を起こした。

「さてと、はじめるかい」

〈へい〉

白九郎に元気が甦《よみがえ》り、牙黒がそれに応えた。

六

白九郎がひたすらに賽壺を振り、牙黒がひたすらに出た目のにおいを嗅ぐ。

〈このにおいは三と六……〉

牙黒は目を瞑って、三六《サブロク》の半を鼻腔《びこう》に刻み込む。

昼も過ぎたあたりだろうか。外は、風雨の強さが増してきているようだ。閉め切った雨戸が軋《きし》みを立てている。

そんなことに頓着《とんちゃく》なく、修練はつづく。

〈こいつは一と六……はい、次……〉

牙黒の合図で、白九郎が賽壺を伏せる。

牙黒が中にある賽子のにおいを嗅いでいる、そのときであった。

〈……おや？〉

「どうした、牙黒？」

首を傾げる牙黒に、白九郎が問いかけた。

〈……これと同じにおいを嗅いだことがある〉

「なんだって？」

〈いつだか、まったく同じ……あっ、きのうの終わりしなだった。四と三の半ではなかったですかい〉

まだ、賽壺は伏せてある。白九郎は、そっとあけた。

勘に頼らず、これほどピタリと当てたのははじめてであった。やり方は間違っていなかった。だが、まだ当てたのはたった一回である。

それから十回つづけてみても、牙黒の鼻に覚えのある出目は出てこない。それで、めげるかといったらそうではない。

〈もう一丁……〉

「よしきた」

外では嵐が猛威を振るっていた。

何千回賽壺を振っただろうか。籐がささくれ立って、白九郎の指を刺す。壺賽を振るごとに、痛さで顔が歪む。しかし、泣き言は言わない。

〈兄い……〉

賽壺に血のにおいが混じる。牙黒は、それを案じて白九郎の顔をのぞき込んだ。

「かまわねえから、先をつづけるぞ。出目はなんだ？」

〈一と四だと思うんですが……〉

牙黒の言うとおり、一と四の目が上に向いている。

「勘で当てたのか？」

〈いや、違いますぜ。今度は、はっきりと分かりましたぜ〉

開眼というのは、一気に押し寄せるものだ。

〈振ってみてくれますかい〉

言われて白九郎は賽壺を振る。チクンと棘《とげ》が刺したような痛みがあったが、気にせず牙黒の顔を凝視《ぎょうし》した。

〈二と六が出てませんかい〉

二度つづけて当てたのは、初めてである。白九郎の驚きは尋常ではなかった。

「何かつかめたようだな」

〈もう一回、振ってくれますかい〉

白九郎の言葉に応えることなく、牙黒は催促《さいそく》をした。

「ようござんすか……」

〈一と五の丁〉

賽壺を開けるとその通り。

「どうして、わかった？」

〈天に向いた目ばかり気にしていたから駄目《だめ》だったんでさあ〉

「ていうと……？」

〈畳に伏せられたほうの目を、読めばよかったんでさあ。例えば、一のにおいがまったくしないとなれば、出た目は六のゾロ目ってことになりまさあ。ここまで、分かりますかい？〉

「ああ、なんとなく……」

牙黒の説明に、白九郎は口をぽかんと開けて答える。

〈一と六、二と五、三と四というのは、片方が天を向けば、もう片方は伏せられる。するてえと、その数のにおいが半減するんですな〉

「そういうものかい。賽子のにおいなんて嗅いだことがねえんで、ちっとも分からねえ」


相槌《あいづち》を打ちたくても、白九郎にはそれすらできない。牙黒の感覚ではそうなんだろうと、納得するしかない。


〈ゾロ目の六通りと一六、二五、三四の出目はけっこう当てやすい。あとは、十二通りの出目がありますが、片方が一か六の場合も当てやすい。においに特徴がありますから〉

「特徴ってのは？」

〈兄いに言ったって、分からんすよ〉

「それもそうだな」

〈よく分からないのは二三、二四、三五、四五の四通り。においが混じっちまって……〉

「だったら、それをこれから覚え込めばいいんじゃねえか」

〈ええ、あっしもそう思ってたところでさあ〉

「それにしても、牙黒。おめえ、寺子屋の先生でもやったらどうだ」

〈それこそ、無理ってもんでしょう〉

すでに外は漆黒《しっこく》の闇と化したが、宵五ツの鐘はこの夜は鳴らない。

治まっては来ているものの、風と雨は当分やみそうもない。外の嵐に気を向けることなく、牙黒の賽の目当ての修練はまだまだつづく。


牙黒は、百回中九十回は当てられるようになっていた。

「完全に当てられるまで、やらねえとな」

〈もうほとんど当てられますが、ただ……〉

牙黒には、懸念《けねん》があった。

「ただって、なんでい？」

〈ええ。まず一つは、ほかの賽子でやってどうかって……〉

「そうか。生憎《あいにく》、賽子はこの二個しかねえからな。においもこびりついちまって、当てやすくもなってんだろう」

そのあたりの感覚は、なんとなく白九郎にも分かる気がする。

白九郎は賽子をもって風呂場へ向かうと、間もなく戻ってきた。

「こいつでやってみてくれ」

座るなり、白九郎は賽壺を伏せた。

〈ん……？〉

洗った賽子からは、においがしない。いや、あるにはあるのだが、目の数から発してはこない。

〈兄い……〉

牙黒の、情けない声であった。

懸念していたことは当たった。まっさらな賽子では、牙黒の鼻は役に立たないのである。

「やっぱり駄目か」

しかし、白九郎にさほど気落ちした様子は見られない。

牙黒が嗅ぐのは、賽子の目の穴につく壺振りの指のにおいである。どのくらい振ればにおいがつくのか、それを試すことにした。

二十回目で、ようやく牙黒は判別できるようになった。

「二十回も勝負をせずに、見ているだけってのは難しいな。助盆のお兄さんから『張らねえのなら、出てってくれ』って、言われそうだからな」

〈でも、そこがうまくいけば、もうこっちのもんですぜ〉

「うーん、そうだな」

白九郎が腕を組んで考える。頭の中に浮かんだのは、賭場の光景であった。

「……賽子検《あらた》め」

〈なんですかい、その賽子なんとかってのは？〉

呟きが、牙黒の耳に届いた。

「勝負に入る前に、張り手の客に賽子と賽壺に仕掛けがしてないかどうか、客に検めさせるのだ。それを、賽子検めってんだ」

〈手に取ることも、できるんですかい？〉

「賭場によっちゃできるところもあれば、できないところもある。賭場の仕来りってのは、それぞれの博徒によって異なるからな」

〈さいですかい……〉

腹ばいになって、今度は牙黒が考える。

——なんとか、兄いが手にすることができれば……。

白九郎も、同じことを考えていた。

「どうやって、賽子を手にするかだな」

七

雨戸を開けると、強い陽《ひ》の光が飛び込んできた。

野分が、雨期を取り払っていったようだ。朝から暑い夏の日差しであった。

昨夜は、日づけが変わるころまで修練をつづけた。懸念していたことは、実際に賭場に行ってみて考えることにした。

賽子に、においさえつけば牙黒はほとんど当てられるようになっている。あとは、実地の訓練である。

白九郎は、夏向きの黒の単衣《ひとえ》に着替え、牙黒を連れて久しぶりに外へと出た。まずは、腹ごしらえである。

八ツ小路に出ると、茶屋が一軒開いていた。下がった幟《のぼり》には『熱くてうまい甘酒』と書かれてある。

「甘酒じゃ、牙黒には向かねえな」

まだ朝五ツ前と、店が開くには早い刻限であった。それでも、朝の職人相手に開けている店はある。白九郎と牙黒は、一軒の煮売り茶屋に入った。

「犬は外に出しておいてくれねえかい」

店の亭主から、つっけんどんなもの言いが返ってきた。仕方がないと、牙黒は外へと出る。

座敷で四人連れの職人風の客が朝酒を呑んで、くだを巻いている。この日の仕事にあぶれた連中のようだ。白九郎は、四人掛けの卓に座った。

「お客さん、何にします？」

亭主と入れ替わるように、板場から出てきたのは三十歳にもなろうかという、小粋《こいき》な年増《としま》であった。亭主の齢《よわい》を見るに、夫婦ではなさそうだ。どうやら父娘《おやこ》で切り盛りをしている店らしい。

「何ができるんです？」

白九郎は店の中を見回して、ふと首を傾げた。お品書きの一枚ぐらいは、壁に貼ってあるものだが、それがない。

「朝ならうどんぐらいかな」

ここでもうどんと聞いて、白九郎はうんざりする心持ちとなった。仕方がないと、注文することにした。

「だったら、天ぷらうどん」

少しは贅沢《ぜいたく》をしようと、白九郎は朝から張り込んだ。

「天ぷらうどんは、やってません」

それしかないと言うので、頼んだのは具の載っていない素うどんであった。葱《ねぎ》すらなく、汁もやたら塩辛い。

「……これなら、おれが作ったほうがはるかにましだ。そうだ、牙黒にもあげねえとな」

外にいる牙黒も朝めしを待っている。

「ねえさん……」

白九郎は、件《くだん》の年増を呼んで、うどん玉とかつお節を注文する。

「お客さんが、食べるので？」

「いや、外にいる犬だ。かつお節うどんが大好きでね」

「うちには、犬に食べさせるうどんはありません」

――こんなまずいものを、客《ひと》に食わせておいてよく言えるな。

と思うものの、白九郎は言葉に出さない。牙黒にも食わせられないと、白九郎は店を出ることにした。素うどんは、ほとんど手つかずである。

「いくらだい？」

「二十四文いただきます」

えらく高いなと思いながらも、白九郎は黙って支払う。二度と来るかと、捨て台詞《ぜりふ》の一つも吐きたい気分だった。


店の外で所在なさげに待つ牙黒の前を、三人の男が通り過ぎた。

着流しに朱鞘《しゅざや》の刀を差し、怒らせた肩を左右に振って歩いている。

店の中から出てくる白九郎と、鉢合《はちあ》わせする形となった。

先頭の男と、白九郎が暖簾《のれん》の下で向き合う。避けようと、白九郎が右に動けば相手もそのほうに動く。相手が右に動けば、白九郎もそちらに動く。そんな繰り返しが二、三度つづいた。

「どきやがれ、ど三一《さんぴん》」

男が白九郎をどやしつけた。こんなところで相手になっても仕方ないと、白九郎は三人を中に通した。

「親爺はいるかい？」

眉根《まゆね》を吊り上げ、怒りの形相《ぎょうそう》で兄貴格と思える男が、亭主を呼び出している。

白九郎は何ごとかと思い、暖簾の外から牙黒と共に中の様子をうかがう。

「お父っつぁんは今いないよ。なんなのさ、あんたら？」

亭主は居留守を使っているのか、年増娘が聞き返した。

「おれたちか。おれたちゃ、白玉銀三郎商店《しらたまぎんざぶろう》のもんだ。そこらのやくざと間違えんな。れっきとした商人《あきんど》だぜ」

「商人が、腰にそんなもん差してるのかね？」

「きょう日、おれらの稼業にも逆恨《さかうら》みってのがあってな。用心てやつで、仕方なく差してるんだ」

「脅しのためじゃないのかい？」

「そんなんじゃねえやな。そんなこたあどうでもいい。きょうから、この店は白玉銀三郎商店のもんだ。早いところ、店を畳んで出ていきやがれ」

「何を言うんだい？　いきなり来て、藪《やぶ》から棒に……」

年増娘の目が、いきり立っている。整った顔に凄《すご》みを加えて睨《にら》み返すと、兄貴格の男は怯《ひる》んだ。慌《あわ》てて懐《ふところ》から一枚の書き付けを出す。

「こっ、これが、目に入らねえってんかい？」

広げた紙に、借り受けという文字が目に入った。

「借用証文じゃないかい」

「ああ。あんたの親父《おやじ》が拵《こしら》えた借金だ。五十両という大金だぜ。その期限が、きょうってことになっている」

「五十両……？」

「ああ、五十両だ。この店は、その抵当に入っている。ここに書いてあるだろ。もし、弁済できないときはお店ごと差し上げますって。どうだ、読めるか？」

「ああ、そのぐらいは読めるさ」

ふーっと一つ、ため息を吐き年増娘は肩を落とした。借用証文に書かれてあれば、抗《あらが》いようがない。ここで交渉できるとすれば、期限の延期である。だが、引き延ばしたところで、返済するあてなどない。

「期限を延ばした分、利息が嵩《かさ》むぜ」

白玉銀三郎商店の若い衆《し》の一人が言ったそのとき、座敷のほうから注文がかかった。

「お倫《りん》ちゃん、酒をもう一本つけてくれねえかい」

酔っぱらっているので、取り込んでいるのが分からないらしい。

「ちょっと、待ってくださいな」

お倫と呼ばれた年増娘が、酔っぱらい客に返す。

「うるせい。朝っぱらから、酒なんぞ呑んでるんじゃねえ」

若い衆が、奥に向かって怒鳴り声を飛ばした。

「うちのお客さんにはかかわりないのだから、怒鳴るのはおよし！」

お倫が、若い衆を睨みつけて言った。

「すいません」

お倫の迫力に慄《おのの》き、若い衆が思わず詫《わ》びた。

「馬鹿やろう。謝るんじゃねえ」

一連のやり取りを白九郎と牙黒が、暖簾の下から首を出して聞いている。

「さあ、今すぐ返《けえ》してくれるんかい？」

「返せるわけがないじゃないか。お父っつぁんに事情《わけ》も聞かないとね」

「事情なんて関係ねえ。こちとら、すぐに返してくれるかどうかって訊いてんだ」

「だったら、返せないね」

「返せねえだと？　だったら、仕方ねえ……」

兄貴格が、うしろに控える若い衆二人に顎《あご》で指図した。

「へい」

大音を立てて、樽椅子《たるいす》がひっくり返った。若い衆が蹴倒《けたお》したのだ。

「お倫ちゃん、勘定《かんじょう》ここにおくよ」

騒ぎに巻き込まれてはと、座敷で酔っぱらっていた職人たちが、慌てて外へと飛び出していった。

「何をするんだい。ここで乱暴は許さないよ」

お倫が兄貴格に食ってかかった。

「うるせい。ガタガタぬかすんじゃねえ。おいてめえら、商売ができねえように店ん中滅茶苦茶にしちめえやがれ」

二人の弟分をけしかける。

「へい……」

横板を渡しただけの卓を、次々とひっくりかえしていく。

〈兄い……〉

惨状を見かねた牙黒が、白九郎の裾《すそ》を嚙《か》んで引っ張った。

「ちょっと、待ちな」

白九郎と牙黒が、暖簾をくぐって店の中へと入った。

「ど三一は、引っ込んでろい」

兄貴格の怒声に耳を貸すことなく、白九郎は黙って若い衆の一人を鉄拳で打ち据《す》え、牙黒はもう一人の向こう脛《ずね》に嚙みついた。

「痛《いて》えー、はっ、離しやがれ」

絶叫が店の中に響いた。

第二章　鉄火場《てっかば》に一輪の雪椿《ゆきつばき》

一

四半刻後。

荒らされた店内を元通りにして、四人掛けの卓に三人が座っている。

白玉銀三郎商店の三人は、白九郎の仲介もあってひとまず引き上げていった。

お倫と父親が並び、卓を挟んで白九郎が向かい合う。牙黒は白九郎の足元で土間のひんやりとした感触が心地よいのか、顎《あご》までつき出して寝そべっている。目の前に、うどん玉が一つ食い残してあった。

「お父っつぁん、いったいどういうこと？」

いきなり借金取りが来て、店の中を荒らした。寝耳に水のお倫としては、父親を責めないではいられない。

「すまねえ、お倫……」

店の亭主の名は、六平《ろくべい》といった。

「謝るのはいいから、事情《わけ》を話してくれないかしら」

口調は柔らかいものの、人の心を射貫《いぬ》くような、お倫の鋭い視線が父親に向く。

その眼光に、白九郎はいささかの驚きを覚えた。

――素人《しろうと》じゃないな。

気に留《と》めるものの、むろん声には出さない。

「実はな……」

言って六平の言葉が止まった。その先が言いづらそうである。

「いいから、みんな話しちまって」

お倫の鋭い視線に促され、父親が小さくうなずく。

「実はな……こいつに手を出しちまった」

と言いながら、賽壺を振る仕草をした。そのとき『ワン』と牙黒がひと吠えした。白九郎には〈博奕か〉と聞こえた。

「お父っつぁん、そいつだけはやらないって言ってたのに、また賭場に出入りしたの？」

「すまねえ、お倫。つい、魔がさしちまった」

「魔がさしただけじゃ、お父っつぁんは賭場に出入りしないわ。何か、ほかに理由《わけ》があるんでしょ？」

お倫に詰め寄られて、六平は困惑した顔となった。ちらりと白九郎のほうを見やる。白九郎の耳が邪魔だといった顔つきであった。

白九郎としては、その先を聞いても厄介《やっかい》に巻き込まれるだけとの思いがある。今までここにいたのは、お倫に引き止められたからだ。無頼漢を追い払っただけで、ほかに義理はない。

「牙黒、行こう」

土間に寝そべる牙黒に声をかけると、白九郎は立ち上がった。

「白九郎さん……」

お倫が止めたものの、白九郎と牙黒はうしろを振り返ることもなかった。

夏の日差しが往来を照りつける。

「暑いから、帰ろうや」

家に戻って、麵《めん》を茹《ゆ》でた。白九郎一人の朝めしとなった。

〈あっしは、うどんをいただきましたぜ〉

「あんなまずいうどん、よく食えたな」

〈人間と犬とでは、味覚ってのが違いますでしょうから〉

雨戸、障子《しょうじ》をすべて開け放つと微風が入ってくる。それだけでは足りぬと、白九郎は団扇《うちわ》で風を起こして涼とした。

「五十両なんて大金、すぐに返せって言われても大変だよなあ」

パタパタと、自分の顔に風をあてながら、白九郎は傍《かたわ》らで寝そべる牙黒に声をかけた。

〈でしょうねえ。あの親爺、博奕で借金を拵《こしら》えたって言ってましたね〉

「博奕に嵌《はま》るのもいいが、ああやって家まで取られちゃ人間お終《しま》いだな」

〈兄いも気をつけたほうが、いいですぜ。この家をもってかれねえように〉

「だから牙黒を頼ろうとしてんじゃねえか」

と言って、何を思ったか白九郎は立ち上がった。そして簞笥《たんす》に近づくと、引き出しの一つを開けて、紫の袱紗《ふくさ》を取り出す。

「もう、これしかねえや」

袱紗を開くと十五両ある。白九郎の全財産であった。贅沢をしなければ一年以上、いや持ち家なので二年以上は暮らしていける額である。しかし、白九郎にとって、この十五両は生活の糧《かて》ではない。

「軍資金としては、ちょっと心細いな。かといって、牙黒を賭場に上げるのはまだ早いし……」

十五両は、博奕の種銭《たま》であった。

「こうしてじっとしててもしょうがねえ。牙黒、修練をはじめようぜ」

〈へい、やりましょうか〉

暑さにめげず、白九郎が賽壺を振り、牙黒が出目をあてる修練がまたまたはじまった。

牙黒はここにきて一つ気づいたことがあった。

〈兄い、ちょっとこっちを向いて賽壺を振ってくれませんかね〉

「こっちか?」

言われて白九郎は、体の向きを変えた。外から入る風を背にして座り直した。

そうすると、さらに牙黒の鼻が冴《さ》え渡る。

〈風下にくれば、さらに出目が分かりやすくなりまさあ〉

「なるほど。だけど、賭場はどこも閉め切った中でやってるからな。雨戸を開けて、おおっぴらにやってる鉄火場なんて、見たことねえ」

〈さいですかい〉

「まあ、牙黒も賭場に一度行けば、どんなものか分かるってもんだ」


その日も、昼を過ぎ夕方近くまで、修練がつづいた。

夕七ツを報せる鐘が鳴り、吹き込む風も涼しさを増す。

「いい風が入ってくるな」

もう団扇で風を送ることはない。褌《ふんどし》一丁となり、白九郎は自然の風に体を晒《さら》した。

「ああ、気持ちいいな」

と、大の字になり寝そべったところで、娘の声が戸口のほうから聞こえてきた。

「ごめんくださいな」

「ワンワン」

と、犬の鳴き声も聞こえてくる。

〈あっ、みなづきちゃんだ〉

牙黒は腹ばいの体を勢いよく起こす。

「ということは、お美乃さんか？」

白九郎は、慌てて襦袢《じゅばん》を羽織り、その上に単衣《ひとえ》の小袖《こそで》を重ねた。

先だって悪党旗本と悪徳商人の拐《かどわ》かしに遭《あ》い、白九郎と牙黒が魔の手から救った娘と、その飼い犬が訪ねて来た。

神田小柳町《こやなぎちょう》に店を構える、薬屋の大店《おおだな》『武田屋』の一人娘お美乃と、牝犬《めすいぬ》みなづきであった。

牙黒が先に戸口へ向かう。

〈よくきたな、みなづきちゃん〉

牙黒が、みなづきに話しかけた。しかし、お美乃には、犬の鳴き声にしか聞こえない。

「まったく失礼な犬ね。来た早々、吠え立てるんですもの」

お美乃が憮然《ぶぜん》として言う。今年十七歳になるお嬢さん育ちであるが、もの言いは御俠《おきゃん》である。

〈お嬢様。牙黒さんはただあたしに挨拶をされただけです〉

「そうだったの」

お美乃とみなづきも心が通じ合い、話ができる仲であった。だが、みなづきの言うことは白九郎には通じないし、その逆も同じである。それだけに、二人と二匹が集まると、会話がややこしくなる。

「お美乃さんがここに来たのは、初めてでしたよね。まあ、汚いところですけど、どうぞお上がりになって……」

目鼻立ちの整ったお美乃に、白九郎は初めて見たときからぞっこんである。だが、お美乃のほうはそうではなさそうだ。

「ほんと、汚いところ。みなづき、上がるとお着物が汚れますからここにいましょ」

三和土《たたき》から天井長押《なげし》あたりを睨《ね》め回しながらお美乃は言った。

〈兄い、だから掃除をしとけって言ったじゃねえですか〉

天井近くの蟻壁《ありかべ》に、大きな蜘蛛《くも》の巣ができている。大きな蛾《が》が一匹、巣に捕まって身動きがとれなくなっている。

「うーっ、いやだ」

蜘蛛の巣を目にして、お美乃は顔をしかめた。

「みなづき、用件を済ませたら早いところ帰りましょ。こんなところ、長居するのはいや」

〈はい、お嬢様〉

みなづきも、お美乃と同じ気持ちのようだ。いっときはみなづきも、牙黒の男《オス》くさざに気持ちを動かしたこともあったが、今は違う。《……蚤《のみ》の多い犬って嫌い》のひとことで、気持ちは離れていった。

「それで、用件ってのはなんですかい？」

「そうだ……」

お美乃は、もっていた風呂敷包みを上がり框《かまち》に置いた。

「お父っつぁんから、これをもっていきなさいって頼まれたの」

白九郎が包みを開けると、いく種類かの薬が入っていた。

「夏場になるので、腹痛を起こしたら飲みなさいって」

武田屋の主《あるじ》四郎十郎久米衛門《しろうじゅうろうくめえもん》から差し入れられたのは、腹下しに効く『露清丸《ろせいがん》』という丸薬と、頭痛の薬で『脳沁《のうしん》』、傷薬である軟膏《なんこう》などであった。

自分を助けてもらったお礼だと、お美乃は父親久米衛門の口上を述べた。

「これはありがたい、助かるな。久米衛門さんによろしく言っといてくれ」

「はい、伝えます。さあみなづき、用件を済ませたから帰りましょ」

そそくさと、お美乃はみなづきを連れて出ていく。疾風《はやて》のように来て、疾風のように去っていくお美乃とみなづきに、白九郎と牙黒は呆然《ぼうぜん》とした目を向けていた。

〈言いたいことを言って帰っちまいましたね〉

「ああ……」

白九郎の顔が上を向いている。

「あの蜘蛛の巣を取り除いておかなくちゃいけねえな」

蜘蛛の巣にへばりついた大きな蛾を見ながら、白九郎は思う。

――蜘蛛の巣が賭場なら、あの蛾は博奕に嵌った客ってことか。

今朝ほど行った、煮売り茶屋の主《あるじ》の顔を白九郎は思い出した。

二

「ずいぶんと、薬をもってきてくれたな」

部屋に戻り、白九郎は薬を選《よ》り分けた。

「これが腹痛に、これが頭痛に効く薬。軟膏は、さっそく手に塗っておくとするか」

　賽壺の籐《とう》の棘《とげ》で、白九郎の右手に小さな傷ができている。ヒリヒリと痛むものの、牙黒の努力には負けていられない。自分だけ、音《ね》を上げるわけにはいかないのだ。

　蛤《はまぐり》の貝殻の中に、傷に効く軟膏が詰まっている。白九郎は小指ですくって傷口に塗りつけた。

「沁《し》みるな」

　フーフーと、息を吹きかけて傷口を冷やす。

〈兄いも大変なんですねえ〉

　白九郎を牙黒が気にかける。

「おめえに比べたら、こんなのは屁みてえなもんだ。どうってこたあねえさ」

〈ところで兄い……〉

「なんでい？」

　牙黒が、鼻をヒクヒクさせている。

〈なんだか、におわねえですかい？〉

「におうって、何がだ？　おれの鼻には感じねえな」

牙黒の鼻が、薬の包みに向いている。

〈どうやら、こん中にありそうですね〉

と言って牙黒が咥《くわ》えたのは『露清丸』という薬の袋であった。

〈においの元は、これですぜ〉

露清丸を白九郎の前に置く。

「こいつは、腹痛の薬とかいってたな」

袋に効能が記されている。白九郎は声に出して読んだ。

「食あたりに、下り腹。はき下しに、水あたりなどなどか……」

いく重にも折られた袋の口を開くと、白九郎は中から一粒取り出した。小粒の丸薬であった。

手にした丸薬を鼻のところにもっていくと、ツンとした異様なにおいが鼻腔を刺す。

「すごいにおいだな、これは」

生まれてこの方、白九郎が嗅いだことのないにおいであった。だが、薬の効き目を感じさせるにおいで、不快な感じはしない。しばらくもっていると、手にもそのにおいが移る。

〈兄い、その手でもって賽子《さいころ》を振ってくれませんかね〉

言われたとおり、白九郎は賽子を手にして賽壺を振る。薬のにおいが賽子についている。だが、まだ足りない。

牙黒が注文を出した。

〈も少し濃く、そして全面にくっつけてくれませんか〉

分かったと、白九郎は満遍なく薬のにおいを擦《こす》りつけた。

白九郎と牙黒は、腹の薬である露清丸を博奕に利用することにした。賽子検めのとき、このにおいをつけてしまえばよい。

すでに、牙黒は賽壺の中の出目を完璧に嗅ぎ分けることができるようになっている。

牙黒を連れて、白九郎は実地で試すことにした。

「浅草山神《やまがみ》一家の賭場が、あしたは開いてるな」

浅草までは一里近くあって遠いが、牙黒に実際の賭場を見せるにはうってつけである。廃寺の庫裏《くり》で開帳される賭場に、足を踏み入れることにした。

翌日――。

賭場は、陽《ひ》が西に大きく傾いた七ツ半から開く。日が沈む暮六ツまでには半刻《はんとき》あるので、外に明るさは充分残っている。白九郎と牙黒は、廃寺の裏門から境内《けいだい》へと入っていった。

いく度か来た賭場である。客を出迎える若い衆《し》は、白九郎のことを覚えていた。

「遊ばせてもらうぜ」

言って白九郎は雪駄《せった》を脱ぐと、下足番の三下に渡した。

「こちらでござんす」

若い衆が廊下を先に歩き、白九郎を案内する。牙黒も白九郎について、廊下を歩こうとすると――。

「お客人。犬を中に入れることはできませんぜ」

若い衆から咎《とが》められ、白九郎の足は止まった。

「すまねえ。この犬は、おれと一緒にいねえと暴れ出すんだ。脇でおとなしくさせとくから、上がらせてやっちゃくれねえかい」

「いやあ、決められてるもんで……」

三下と話しても、埒《らち》はあかない。

「中盆《なかぼん》はいねえかい？」

白九郎は、賭場を仕切る中盆と話をつけることにした。ここで了解を取りつけておかないと、この先も牙黒を賭場に上げるのが難しくなる。是が非でも、牙黒を中に入れなければならないのだ。

「どうしたい？」

何を揉《も》めてるんだと、一際《ひときわ》貫禄のある男が中から顔を出した。

「若衆頭《かしら》……」

山神一家の若衆頭であった。中盆を務める男でもある。白九郎が話をつけたいと思っていた相手が、具合よく顔を出した。

かくかくしかじかと、若い衆は若衆頭に耳打ちをする。

「よし、分かった」

と言って、若衆頭の顔が白九郎に向いた。

「お客人の顔はなん度か拝見させていただいてやす。いつもありがたいこって。あっしは、この賭場を仕切らせていただいてやす幸次郎《こうじろう》ってもんでございやす。今、三下から聞いて……」

「そうなんだ。この犬も賭場に……」

「そいつはなりませんや」

「だから、おとなしくさせると。拙者《せっしゃ》がついていないと、暴れるのものでな」

一応は武士である。白九郎は言葉に威厳をもたせた。

「それと、かなりおとなしい犬だ……」

「今しがた、暴れると言いやしたぜ」

「だから、一匹でおいとくとだ。拙者と一緒なら、それはおとなしいものだ」

と言いながら、白九郎は懐《ふところ》から一両取り出すと幸次郎の手に握らせた。

「なんの真似《まね》で？」

「これで、若い衆とうまいもんでも」

「こんなもん、受け取れやせんぜ」

幸次郎が突き返すも、白九郎が首を振る。そんなやり取りの合間にも、博奕客が次々とやってくる。

「若衆頭、そろそろ……」

若い衆が幸次郎に小声をかけた。中盆として白九郎一人を相手にしている暇はない。

「しょうがねえ。ただし、ひと吠えでもしたら、出ていってもらいますからな」

ようやく中盆の許しが出た。

「ええ、迷惑はかけません」

白九郎は、牙黒に視線を落とし、うなずいてみせた。

三下に案内されて、賭場へと向かう。廊下にくっきりと、牙黒の足跡がついた。

「しょうがねえな。拭《ふ》いとかなくちゃいけねえ」

余計な手間ができたと、三下が憮然《ぶぜん》としている。


賭場に来て、ただ見ているわけにはいかない。白九郎は、二両の小判を駒札に替えた。

「このあたりにするかい」

壺振りから見て左斜向《はすむ》かいに席を取った。なるべく賽壺に近い席をと、牙黒を左手に座らせる。壺振りと牙黒は向かい合った。犬を見ながら、賽壺を振る恰好《かっこう》である。

客が席を埋め、博奕がはじまる。最初に中盆の口上があった。

「本日壺振りを務めますのは、松井田《まついだ》の吉三《きちぞう》。中盆は山神一家若衆頭幸次郎が仕切りやす。どなたさんも、ごゆっくり遊んでいっておくんなせい」

白布で覆《おお》われた盆床に、一尺角ほどの盆茣蓙《ぼんござ》が置かれている。その上に、賽壺と賽子が二個載っている。賽壺は、白九郎のもつものとは形が違うが、籐を編んで作られたものだ。目には見えぬが、においが抜ける微細な隙間《すきま》がある。

「勝負に先立ちまして、どなたさんか賽子と賽壺を検《あらた》めていただけやせんか？」

幸次郎が客に声をかける。賽壺検めは客の手にもたせてやるのが、山神一家の取り決めであった。手目博奕《いかさま》でないことを、客に証《あか》すためである。

「おれが見ましょう」

真っ先に白九郎が応じた。壺振りから二個の賽子を受け取り、ためつすがめつ見やる。指で表面を擦ったり、盆床に転がしたりして入念に賽子を検めた。

――充分に露清丸のにおいがついただろう。

「なんの仕掛けもありませんな」

と言いながら、白九郎は賽子を返す。そのとき、ツンと露清丸のにおいがあたりに漂った。

「誰か、腹痛を起こしてやがるな」

露清丸のにおいを知る客が声に出して言った。いっとき場に笑い声が起こったが、すぐに静寂《せいじゃく》なものとなった。

「それでは、勝負に入ります。壺……」

幸次郎の口上から博奕ははじまる。

鉄火場は、熱い空気に包まれた。

「ようござんすか？　ようござんすね、入ります」

手際よく賽壺が振られて、盆茣蓙に賽子が伏せられる。

露清丸が塗られた賽子のにおいは、牙黒の鼻に届いた。しかし、まだ出目を白九郎に伝えることはしない。生まれてはじめての賭場で、牙黒ははっきりと賽子の出目を嗅ぎ取った。

――三と四の半だな。

牙黒の読みとは反対に、白九郎は丁目に駒札を置いている。

「四三《シソウ》の半」

壺が開けられ、間髪いれずに中盆が出目を読んだ。どよめきが場に沸き起こる。

この日、白九郎は八回の勝負で二両の損を出した。先に握らせた一両を合わせると、三両のもち出しである。

――これでいいんだ。

損を出しても、白九郎は満足していた。

「お気をつけてお帰りくださいやし」

三

若い衆に見送られ、廃寺の裏門から出た。暮六ツはとうに過ぎ、闇が支配している。一家が用意してくれたぶら提灯《ちょうちん》で足元を照らす。その明かりの中に、牙黒の姿が浮かんだ。

「どうだった、牙黒？」

賭場の中では、一切話ができない。歩きながら、ようやく白九郎は牙黒に話しかけることができた。

〈いや、兄いの勘の悪さには恐れ入りましたぜ〉

ことごとく出目を外した白九郎に、牙黒は呆《あき》れ返っていた。

「いや、あれは目くらましだ。きょうは、損するつもりで行ったのよ。この先、牙黒が賭場に座っても、怪しまれねえためにな。撒《ま》き餌《え》ってわけだ」

〈そうだったのですかい。つまらねえことを言いました〉

「いいってことよ。きょうは牙黒の実地訓練だからな。寺子屋に払う謝礼みてえなもんだ」

浅草田原町《たわらまち》からは、菊屋橋まで行って新堀川沿いを歩くほうが近い。人も滅多にすれ違わない道を白九郎は選んだ。牙黒と、話がしやすいためだ。

「それで、賽の目は読めたか？」

〈ええ、ばっちりでさあ。外れはありませんでしたぜ。腹痛の薬のにおいがよく鼻に入ってきましたぜ。最初の内は少し戸惑いましたけどね。あの薬は、においだけはいいですねえ〉

「そうかい。だったら、行けそうだな」

〈ですが、客ににおいを感づかれましたぜ〉

賽子を検めるたびに、露清丸のにおいを漂わせるわけにはいかない。ここに工夫が必要だと、白九郎は思った。

「もうちょいと、何か考えねえといけねえな」

いろいろと、まだ課題が出てくるものだ。

〈そう、簡単にはいきませんでしょうよ。それにしても、賭場の空気ってのはビンビンに張り詰めてますね。息苦しいったらありゃしねえ〉

「そうだろう。鉄火場っていうくれえだから、生易《なまやさ》しいところじゃねえ。みんな博奕に命を張ってるところだからな」

おおよその雰囲気は、牙黒にも理解ができた。あとは、いかに賽子の出目に集中ができるかである。

そんなことを話しながら、いつしか柳原《やなぎわら》の堤を白九郎と牙黒は歩いていた。

筋違御門《すじかいごもん》まで、あと一町と来たところである。

きのうの朝に立ち寄った煮売り茶屋が、十間先に見える。赤提灯の灯《ひ》が消えていた。酒を置く店としては早い店じまいだと白九郎が思った矢先であった。

いきなり戸口が開いて、暗い店の中から四人が出てきた。

男三人の中に、女が一人交じっている。男たちがもつ提灯の明かりの中に、顔が浮かんで見えた。

〈あれは、お倫さんですぜ〉

牙黒が小声で話しかける。

「そうみてえだな」

男三人にも白九郎は見覚えがあった。

「……きのう来た、白玉銀三郎商店の若い衆たち」

白九郎のもつ提灯の明かりは消してある。暗い中でたたずむ白九郎たちには気づかずに、四人は前を通り過ぎて行った。

「……家を取られるだけではなかったのか」

父親がこしらえた借金の形《かた》に娘も入っていたのかもしれないと、白九郎は思った。

お倫は少々年増ではあるが、見栄《みば》えのいい女であった。女衒《ぜげん》に引き渡されての行き先は吉原の遊女屋か、岡場所の女郎。いや、柳橋の芸者ということもある。

白九郎は、なんともやるせない思いとなったが、どうしてやることもできない。所詮《しょせん》は他人事《ひとごと》である。

「さあ、行こう」

お倫が連れていかれた方向とは逆の道を、歩き出した。


七日後――。

浅草田原町の博徒、山神一家の賭場が開帳される日である。先だってと同じ刻限に、牙黒を連れた白九郎は、賭場となっている廃寺の裏門をくぐった。

「おっ、ワン公また来たか」

前とはうって変わって、三下の愛想がよい。おとなしく鳴き声一つ立てなかった牙黒に感心したこともあるが、殺伐《さつばつ》とした賭場に犬が一匹寝そべっているだけで癒《いや》しになると、客からの評判もよかったらしい。この日はすんなりと、牙黒は上がることができた。

いつものとおり、中盆幸次郎の口上からはじまった。壺振りは前と同じ松井田の吉三であった。腹に晒《さらし》を巻いて、両肩を開く鉄火肌となった。

賽子検めは白九郎が率先してやった。

「なんの仕掛けもありません」

と言っておいて、露清丸のほどよいにおいを、賽子に沁み込ませた。牙黒の鼻に感じるほどの加減を、この七日間の修練で身につけた。

賽子を戻し、勝負に入った。

この日白九郎は、三両の小判を駒札に替えていた。前回の負け分を取り返す気になっている。

二勝負ほど牙黒は様子を見て、白九郎は自分の勘で張った。当たりと外れで、もち出しはない。

――どうだ、牙黒？

背中を二度軽く叩いて、白九郎が問う。言葉には出さず、仕草でもって合図を送った。

〈……それじゃ、やりますかい〉

舌を口から出し、鼻の頭を舐《な》めるのが牙黒の返事であった。いよいよ、牙黒の出番である。

賽壺が伏せられると牙黒は目を瞑《つむ》り、鼻の頭を賽壺に向けた。

〈……よし〉

牙黒の尻尾が右を向いている。

「半」

すかさず白九郎は、半目に賭けた。

丁半がそろい、賽壺が開けられる。

「五二の半」

全部当てると怪しまれる。ときどきは負けをまじえながらも、それから十回ほどの勝負で、白九郎は先だっての負け分を取り返した。

「お客人、ついてましたねえ」

隣の帳場で二割の寺銭を差っ引かれて、駒札を金に替える。金の番をするのは、一家の代貸《だいがし》である松吉《まつきち》であった。賭場全体を仕切っている。

「犬を連れての博奕場通いは珍しい。粗相《そそう》さえなければ……」

と、松吉が話している最中であった。

「ワッワワンワンワン」

牙黒が、いきなり吠え出した。

「どうしたい？　うるせえ犬だな」

機嫌のよかった松吉の眉間《みけん》に皺《しわ》が寄った。

「代貸。役人の手入れみてえですぜ」

白九郎が、牙黒の言わんとすることを告げた。

「なんだって？」

松吉は立ち上がると、隣部屋の賭場に足を向けた。

「手入れだ。早く片づけろ」

盆床は素早く片づけられ、客たちは奥の部屋に通され、いざというときの隠れ場所である地下道へと導かれる。

百目蠟燭《ろうそく》の明かりが落とされたところで、十人ほどの奉行所の捕《と》り方役人が寄り棒をもって踏み込んできた。指揮を取るのは、夏でも黒羽織を着込んだ定町《じょうまち》廻《まわ》り同心であった。

「あれ、誰もいないじゃねえか？」

捕り方役人がかざす龕灯《がんどう》の光の中には、畳表が浮き出るだけであった。周囲に光をかざしても、襖《ふすま》に描かれた鶴ばかり。

隣の部屋を開けるも、誰もいないもぬけの殻《から》であった。

「きょうは開帳日ではなかったのか」

臍《ほぞ》を噛むような、苦渋《くじゅう》のこもる同心の口調であった。

「引き返すぜ」

定町廻り同心に引き連れられて、捕り方たちは去っていった。

帰ったと見せかけて、引き返してくることがある。

しばらく間をおいたが、戻る気配はない。ゾロゾロと、客たちが戻ってきた。

「もう遠くに行っちまいましたぜ」

捕り方のあとを尾《つ》けていた三下が戻ってくると、松吉に告げた。

「若衆頭《かしら》、はじめたらどうなんで？」

代貸の松吉が、幸次郎に再開を促す。

「それでは、はじめますがよろしいですかい？」

中盆の幸次郎のかけ声で、再び賭場が開かれる。

牙黒の吠え立てがなければ、客もろともに一網打尽であった。白九郎も、あのまま外に出ていたら、捕り方と鉢合わせをしていたはずだ。

「既《すん》のところだった。おかげで、助かったぜ」

代貸の松吉から礼を言われ、ますます牙黒の心証はよくなっていった。

四

牙黒が、修練をはじめてからおよそ一月《ひとつき》が経っていた。

山神一家の賭場に、牙黒は大手を振って入ることができる。

これに気をよくし、白九郎は別の賭場に出かけることにした。

ここでも牙黒を賭場にあげるため、中盆に一両をつかませる。鳴き声一つ立てたら即刻退場との条件は、山神一家と同じであった。ただ、思わぬ救いの手があった。客の一人が、山神一家の賭場にも出入りしていたのだ。

「あの犬はな……」

奉行所の手入れを察知した、と助盆に耳打ちをした。

「そうだったんかい」

話が貸元に伝わる。

「そうかい。だったら、おとなしく遊ばせてやりな」

おかげで白九郎は、その日四両の儲けをつかむことができた。帰り道で、野犬たちに蕎麦とうどんを振る舞い、白九郎は上機嫌であった。

この先、賭場に上がる牙黒を咎《とが》めるところはなかろう。それだけでも、気分が晴れる思いであった。

気持ちが晴れても夕立に遭って、全身がびしょ濡れである。

家に戻って風呂に入り、さっぱりとする。

「牙黒の鼻も冴え渡り、ようやく思いが叶《かな》えられたな」

感無量とばかり、白九郎は牙黒の頭を撫《な》でる。だが、当の牙黒に元気がない。

「どうした牙黒。隣の野郎の屁でもってしくじったくらいで、落ち込むことはねえぞ」

〈いや、そんなんじゃねえんで〉

「なら、なんだってんで？」

〈なんだか、手目《いかさま》をやってるみてえで……〉

牙黒の心には罪悪感が宿っていた。

「なんでえ、そんなことか。そりゃな牙黒、手目なんかじゃねえぞ。手目ってのはな、てめえの手で自在に賽子《さいころ》を操り、好きなように出目を出すことをいうんだ。牙黒のは違う。動物がもつ本能に頼っているからな。人よりも勘が数倍働いていると思えばいいのだ。手目だなんて、とんでもねえ。川越の丁半小僧なんかは、賽子の転がる音で出目が分かるっていうからな。おめえのやってることはそれと同じで、犬だからといって……」

口から泡を飛ばして、白九郎はまくし立てた。しかし、途中で自分でも何を言ってるのか分からなくなり、言葉がしどろもどろになっていった。

〈分かりましたぜ、兄い。つまらねえことを言いました〉

「そうだろう、分かりゃあいいんだ。本能を磨くため、どれほどつらい修練をした？　そういうこともしねえで、小細工をするのが手目ってんだ。もう気にするな」

〈へい。それがおかげで、あっしたちの仲間も腹を満たすことができましたからねえ。親分などは、雷電て名をつけてもらい喜んでましたわ〉

牙黒の声が、明るさを取り戻す。

雨戸を開けっ放しにして、外から風を入れる。

「ああ、いい風だ……」

白九郎と牙黒にとって、心地のよい夏の夜であった。


翌日の朝。

「きょうは八のつく日だから、本所相生町《ほんじょあいおいちょう》の賭場が開いてるな」

井戸端《いどばた》で顔を洗いながら、白九郎は言った。

〈そうですかい〉

桶《おけ》に水を張ってもらい、牙黒が口を洗う。鉄漿《おはぐろ》を入れられて黒くなった歯を洗い落としているのだが、なかなか白くはならない。多少薄くはなっているものの、牙黒は半ばあきらめの境地であった。

「めしにするか？」

〈きょうも、うどんですかい？〉

「いやか？」

〈そうじゃねえんですが、うどんばかりだと兄いの体に障《さわ》りがないかと。この夏

は、暑さがきついですぜ〉

「おれの心配をしてくれてんのか。ありがたいこったぜ。でも、気にすることはねえぜ。牙黒は、自分のことだけを心配しな」

麺を茹《ゆ》で、朝めしにする。かつお節しか御菜《おかず》のない、質素な食事がつづいている。

できあがったうどんを前にして、白九郎の箸《はし》が進まない。

〈やっぱり何か、ほかのものを食いましょうよ。たまには白いまんまなんかも腹に入れねえと……〉

「そうだなあ。さすが、こうもうどんがつづくと、うんざりしてくるな」

と言って、白九郎が箸をおいたところであった。

「ごめんくださいな」

「ワン」

娘の声と犬の鳴き声が、白九郎と牙黒の耳に入った。

「おっ、お美乃さんか」

白九郎はすっくと立ち上がると、戸口に足を向けた。牙黒もあとを追う。

「いらっしゃい。暑い中をようこそ……」

お美乃の前だと、白九郎の言葉はやけに改まる。

「まったく。こんなくそ暑い中、お父っつぁんもよく使いをさせてくれるものだわ。しかも、こんなうす汚いところに……」

お美乃の言葉には遠慮がない。辛辣《しんらつ》なもの言いが、白九郎に向いた。しかし、白九郎としては、そんなお美乃がむしろ心地よかった。

「みなづき、用件を済ませて、さっさと帰りましょ」

〈はい、お嬢様〉

この日もお美乃の手には、風呂敷包みがぶら下がっている。先日よりも、大きな包みであった。

「ああ、重かった。肩が抜けそうだったわ」

言いながらお美乃は、風呂敷包みを上がり框《かまち》の上においた。

「なんですか、これは？」

「お父っつぁんに頼まれたの。開けてみりゃ、分かるわよ。さあみなづき、帰るよ」

〈はい……〉

「もう、こんな汚いところ、二度と来るのはいや」

と言いながら、お美乃はうしろ手で遣戸《やりど》をしめた。

〈きょうも言いたいことを言って帰りましたね〉

白九郎の気持ちを思いやり、牙黒がしんみりした口調で言った。

牙黒の言葉を気にとめる様子もなく、白九郎は風呂敷包みを解《ほど》いている。

「おっ！」

風呂敷の中に入っていたのは、二段に重ねられた重箱であった。それと、小さな袋がある。

重箱の蓋《ふた》を開けると、季節野菜の煮しめやら高価な玉子焼きなどが詰められている。下のお重には、目一杯に赤飯が詰められていた。

「おい、すげえご馳走《ちそう》だぞ」

〈兄い、よかったですね〉

「牙黒にも、分けてやるからな」

〈ありがとうござんす〉

重箱を奥の部屋にもって行き、朝めしとなった。

〈こんなうまいもん、久しぶりですね〉

「そうだな……」

重箱はあっという間に空《から》となった。

「ああ、食った」

満足そうなもの言いで、白九郎はポンと腹を一つ叩いた。

重箱の脇に、小袋がある。

〈なんですかいそれは？〉

牙黒が、小袋を目にして訊いた。

「これか……」

白九郎は袋を手にすると、表に書いてある文字を読んだ。

「滋養と強壮に『まむし源』って、書いてあるな」

〈まむし源ですかい。そいつは精力がつきそうでやんすね〉

自分も飲みたいと、牙黒がねだる。

「牙黒はやめといたほうがいいんじゃねえか。治まりがつかなくなるぜ」

〈なんですかい、治まりってのは？〉

「まあ、いいや。とにかくこれは、おれ一人で飲む」

〈そんな冷てえこと言わねえで、ちょっとぐらい……〉

「分かったよ。そんな涎《よだれ》を垂らしてまで言うことはねえやな」

夏の暑さに負けるなと、武田屋久米衛門からの心遣いと白九郎は取っていた。

「薬といい、ご馳走といい、旦那《だんな》さんに礼を言っとかねえといけねえな」

〈さいでございますねえ。いくらお嬢さんを助けたとはいえ、充分すぎるくれえの礼といえますからねえ〉

「相生町の賭場に行く前に、武田屋に寄って挨拶《あいさつ》でもしていくか」

〈ようござんす〉

五

相生町の賭場は、やはり夕刻七ツ半ころから開帳される。

本所まではおよそ半里ほどで、四半刻もあれば着く距離である。武田屋に寄ることにして、白九郎と牙黒は、夕七ツを報《しら》せる鐘の音を聞いて出かけた。

家を出る前に、滋養がつき元気が出るようにと、白九郎は『まむし源』を、茶を点《た》てるようにして煎《せん》じた。

茶碗にあけて、牙黒にも与える。

「……牙黒には、ちょっと濃かったかな？」

琥珀色《こはくいろ》の飲みものを、牙黒はうまそうにして舌ですくって飲んだ。

〈なんだか、元気が出たようですね。行きましょうかい〉

牙黒が、勢いよく先に家から出た。

「ちょっと待てよ、牙黒」

追うようにして、白九郎があとにつづく。今朝からうまいものを食い、まむし源も飲んだ。白九郎の足取りも軽そうだ。

「旦那さんは、いるかい？」

店の前で打ち水をする定吉《さだきち》という名の小僧に、白九郎は声をかけた。武田屋の番頭から小僧まで、白九郎と牙黒を知らない者はいない。

「いらっしゃいませ、白九郎さん。牙黒も一緒だ。旦那様ならおりますよ。どうぞ、中に入ってください」

店の中に導き入れ、定吉は番頭に耳打ちをした。

「少々お待ちください。今、旦那様を呼んでまいりますから」

番頭は、久米衛門への伝言を手代に言いつける。やがて久米衛門が店へと顔を出した。

「おお白九郎さん、よくまいられましたな。さあ、どうぞ上がって」

久米衛門の機嫌が上々である。

「これから出かけますんで、ここで……」

「左様か。それで、ご用件は？」

「きょうは、礼を言いにまいりました。いつもいつも、お気遣いいただきありがとうございます」

「ワン」

白九郎に倣《なら》い、牙黒もひと吠え発して頭を下げる。

「牙黒も礼を言ってます」

「はて……？」

久米衛門が首を傾げている。

「お礼を言われることは、何一つしてないが……」

「いやあ、いろいろとよくしていただいて。先だっては、薬の数々を。そして、今朝は大そうなお料理と、滋養強壮のまむし源……」

お美乃の手により運んでもらった礼を、白九郎は改めて言う。

「えっ？　手前はそんなことをした覚えは……」

「なんですって？」

「そういえば、お美乃が朝から厨《くりや》で何か拵《こしら》えていたが……」

久米衛門ではなく、お美乃の差し入れだったかと、白九郎は天にも昇る気持ちとなった。

「……そうならそうと、お美乃さんも言ってくれたらいいのに」

小声で呟《つぶや》く白九郎の顔に、笑みが浮かんだ。

「わたしの名を使ったのか。きっとお美乃も照れくさかったのだろうな」

久米衛門の言葉は、白九郎の心の臓をさらに高鳴らせる。

――そうだったのか。

あの辛辣《しんらつ》な言葉と素《そ》っ気《け》のなさは、本当の気持ちの裏返しだったのだと、白九郎は自分なりに得心をした。

牙黒には、久米衛門の言葉は通じない。やけに嬉《うれ》しそうな白九郎の表情に、首を傾げながら問う。

〈兄い、何があったんで？〉

「あとで、道々話す。それで旦那さん、今お美乃さんは……？」

「ちょっと使いにやらせている。おっつけ戻るだろうから待ってて……」

と、久米衛門が言ったところであった。

「お父っつぁん、ただ今」

白九郎の背後から、一尺高い店の板間に立つ久米衛門にお美乃の声がかかった。

「お帰り。いま白九郎さんが……」

「あら、いたの」

お美乃は、何をしに来たといった表情で白九郎を一瞥《いちべつ》すると、草履《ぞうり》を脱いで上がり框《かまち》に足をかけた。そして、すたすたと長暖簾《ながのれん》をくぐり、奥へと姿を消していった。

〈みなづきちゃん……〉

牙黒が声をかけるも、みなづきの返事はなく黙って店から出ていく。そして、裏の戸口へと向かった。

素っ気ない。打ちひしがれた気持ちで、牙黒は白九郎の顔を見上げた。きっと白九郎も気落ちしているだろうと牙黒は思ったが、意に反してそうではない。いつにもまして、上機嫌の顔である。

「牙黒、そろそろ行こうか」

ニヤつく顔で牙黒を見下ろして言った。

柳原通りを東に向かって歩く。

両国橋を渡り、本所相生町に向かう道すがら。

〈兄い。旦那さんは、なんて言ってました？〉

武田屋でのやり取りを牙黒が問う。お美乃につっけんどんにされても、なぜ白九郎が上機嫌なのかが理解できないでいた。

「旦那さんはな、料理や薬の差し入れのことは知らねえってんだ。あの料理だってな、どうやらお美乃さんが拵えたものらしいんだ」

〈なんですって？　それじゃ……〉

「ああ、そうだ。お美乃さんは恥ずかしがって自分が料理を作ったとは言えず、旦那さんを引き合いに出したのだろう。あれでけっこう……」

純情なところがあるのだろうと言おうとしたところで、牙黒が遮《さえぎ》った。

〈そうですかねえ〉

「そうですかねえって、どういう意味だ？」

〈ずっと見てましたけど、お美乃さんのあの横柄《おうへい》な態度がどうも。みなづきちゃんなんか、あっしに洟《はな》も引っかけてはくれませんでしたぜ〉

「だから、そいつは気持ちの裏返しだってんだ。娘心ってのは、分からねえもんだなあ」

感無量といった面持《おもも》ちで、白九郎は言う。

〈犬心も分かりませんぜ〉

得心がいかぬまま、牙黒は独りごちた。

滋養強壮剤が効いてきたのか、白九郎と牙黒は足早となった。そして、両国橋を渡り、回向院《えこういん》を巻くようにして竪川《たてかわ》沿いに出ると一町ほど東に歩いた。

この日の賭場は、梅島《うめじま》一家本拠の奥座敷で開帳される。黒一色の壁板で、総二階の建屋であった。表の油障子《あぶらしょうじ》には、梅で模《かたど》られた代紋と、梅島一家と太字で記されている。

賭場の客は、表からは入らない。建屋の反対側に、賭場専用の目立たぬ出入り口があった。白九郎は二度ほどこの賭場に出入りしているので、迷いなく裏に回った。目立たぬ切り戸をコンコンと二度ほど叩く。すると、中から戸が開いた。

「いらっしゃいやし。まだはじまってませんので、少し待つものと……」

開帳される前に入るのが白九郎の狙いであった。牙黒の鼻が利《き》く、一番よい席を取るのと、賽子検《あらた》めを自分の手で行いたいからだ。

三下風の男が、白九郎を中へと導く。牙黒も、一緒について入った。

母屋《おもや》にも、賭場へ入る専用の戸口があった。

「ここには犬は……」

三下に、牙黒が拒まれる。

「おい、その犬はいいんだ。通してやれ」

「よろしいんですかい、兄貴……？」

「ああ。若衆頭《かしら》がいいと言ってた。たしかあの犬は、奉行所の手入れを……」

牙黒の名はここでも知られていて、すんなりと足を踏み入れることができた。

廊下についた肉球の足跡を、三下が拭《ふ》き取る姿が見られた。


前の賭場と同じように、壺振りのほぼ向かい側に牙黒は陣取り、白九郎が隣に座る。二十人ほど客が入れる、大きな賭場である。

客はまだ三人ほどしかいない。

博奕がはじまる七ツ半には、四半刻《しはんとき》はないにしてもまだ間がある。

じっとおとなしくして、開帳を待つ。三々五々客が集まりだして、座がほとんど埋まった。

中盆と助盆が壺振りの両脇に座る。この日の壺振りは女と聞いているが、まだその姿を現してはいない。

白九郎は、三両を駒札に替えていた。一枚が一分の駒札である。四枚で一両の駒札を、六枚ずつ二列に重ねて膝元においた。

「本日の壺振りを紹介します」

助盆の声が場内に行き渡った。女と聞いていた客たちの目に、好奇の色が浮かぶ。ゆっくりと襖《ふすま》が開くと、一輪の雪椿《ゆきつばき》の刺繍《ししゅう》が施《ほどこ》された、鉄火場衣装に身をまとった女が姿を現した。三十歳ほどの年増で、ゾクッとした色気を感じさせる。かなりの美形である。

おぉーという、どよめきが沸き起った。

口を開けたまま、驚愕《きょうがく》した目で見ているのは白九郎である。牙黒は危うく「ワン」と吠えるところだった。

女壺振り師も、白九郎と牙黒を目にして一瞬驚きの表情を見せたが、すぐに元の端整な顔に戻った。

「……お倫さんが壺振り？」

小声で、白九郎が呟く。

煮売り茶屋で地味な小袖をまとっていたときとは、まるで別人である。その艶《あで》やかさに、白九郎と牙黒の心の臓が、ドキンと高鳴りを打った。強壮剤を飲んできたからなおさらだ。牙黒は、犬であるにもかかわらず女の色香を感じた。

〈……どうせ飼われるなら、あんな女《ひと》がいい〉

思わずクウンと牙黒が呟きを漏らす。ワンとは吠えていない。

「おまえ、強壮剤の飲みすぎだぞ」

牙黒の呟きが聞こえ、白九郎は尖《とが》った口調で返した。

「あんた、誰に話しかけてるんだい？」

隣に座る男が訝《いぶか》しげに、白九郎に問うた。

「独り言だ」

白九郎が返したところで、中盆の口上がはじまった。

「本日の壺振りは、二つ名は雪椿のお倫が務めさせていただきます」

「よろしゅう、お願いいたします」

白九郎と牙黒に目を留めることなく、お倫は左右に顔を振り、場にいる客に向けて満遍なく笑みを飛ばした。

この賭場でも賽壺と賽子の検《あらた》めがあった。率先《そっせん》して、白九郎が賽子《さいころ》を検める振りをして、露清丸のにおいをこびりつける。賽子と賽壺がお倫のもとに戻された。

「それでは、勝負をはじめさせていただきます。壺……」

中盆のかけ声で、お倫は賽子と賽壺を客に向けてから口上を言う。

「どちらさまも、ようござんすか？　入ります」

手際鮮やかに、賽壺を振った。白九郎は、駒札四枚一両分を張る。

三回当てて、一回しくじる。八回の勝負で白九郎は四両の儲けを出し、膝元の駒札は都合七両に増えていた。

六

場が進み、半刻が経った。

お倫は片肌を脱いで白い身を晒《さら》している。目を瞠《みは》るのは、肩口に一輪彫られた雪椿の彫り物であった。煮売り茶屋では、決して人目に触れない、お倫の隠れた姿であった。

白玉銀三郎商店の若い衆たちに見せたあの眼光は、やはり素人のものではなかった。

今、お倫は博徒の賭場で賽壺を振っている。借金の形《かた》は、家とこれであったかと、白九郎は得心をした。

「……岡場所ではなかったのだな」

ほっとしている間にも、賽壺は振られる。

――さて、どっちだ？

丁か半。どちらにかけるのだと、そっと牙黒の尻尾を見る。すると、尾の先が右を向いている。

――よし、半か……あれっ？

白九郎が張ろうとしたとき、尻尾の先が左へ変わった。

――丁ってことか？

丁と声に出そうとしたところで、尻尾が右に戻る。

――おい、牙黒どっちなんだ？

口には出せない苛立《いらだ》ちで、白九郎は牙黒の右の耳を引っ張る。

すると、牙黒はクゥーンと鼻を鳴らして首を振った。どちらだか分からない、といった素振りであった。

「……なんだと？」

呟きが白九郎の口から漏れる。

「お客人、張らねえのですかい？」

向かいにいる助盆から促され、慌てた白九郎は、半目に駒札を全部差し出した。すでに十両以上の儲けが出ており、元金と合わせれば十三両となる。この日一人が一勝負で賭けた、最高の額である。

お倫の怪しげな笑みが白九郎の心を突き刺す。そんな視線に気持ちが動かされた。

──二勝負つづけて勝てば、倍々で五十両以上になる。

そうすれば、お倫さんの借金は返せるはずだと、白九郎は男気を出していた。

「半！」

──兄い。

そいつは駄目だと口にできない牙黒の尻尾は、今は左を向いている。

「二ゾロの丁！」

白九郎の駒札が、すべて没収された。

一回の勝負で、元金までも失い白九郎は席を立った。そんな白九郎に頓着《とんちゃく》なく、次の勝負がはじまっている。

「さぁ、どっちもどっちも……」

しゃがれ声が、場に行き渡る中、後ろ髪を引かれる思いで、賭場をあとにする。牙黒も立ち上がると、白九郎のあとを追った。

「お客人、残念でしたねえ」

三下から声をかけられ、渋々ながら外へと出る。竪川沿いは、すでに闇の中にあった。賭場は帰り客のためにぶら提灯を用意してある。高いぶら提灯であった。


一町ほど無言で歩き、ようやく白九郎の口が開いた。

「尻尾を左右に振られちゃ、どっちだか分からねえじゃねえか」

憮然《ぶぜん》としたもの言いで、白九郎は牙黒を詰《なじ》った。

〈そうじゃねえんですよ、兄い。賽子が壺の中で、転がっていたんでさあ〉

「なんだって？」

〈ええ。兄いが半目に賭けたときはたしか二と三の半だった。だけど、壺が開くときには、三の目が動いて二となった〉

「それじゃ、手目《いかさま》だったってえのかい？」

〈だと思いますぜ。兄いが十三両も賭けたんで、不足分を貸元がもったんでしょうから〉

「なんてこった」

お倫が手目をやったこと自体、白九郎には信じられず、足を止めた。

〈兄い、引き返すんですかい？〉

「ああ。手目と聞いたら、勘弁ならねえ」

〈ですが、お倫さんを敵に回すことになりますぜ〉

牙黒としては、お倫を助けたい気持ちであった。男の壺振りなら、白九郎をけしかけて手目を暴いていたところだ。

「仕方ねえだろ。手目をやったんだから」

〈どうも、そのへんがあっしには……〉

「だったら、どうしようってんで。十三両もやられちまったんだぜ」

〈兄いの気持ちは分かりますが、お倫さんにも理由《わけ》があるんじゃねえですか〉

「ずいぶんと、女に甘《あめ》えじゃねえか。さしずめ、牙黒はお倫さんに惚れたな。だから言ったんだ、まむし源なんか飲むんじゃねえと」

〈あれとはかかわりがねえと思いますが〉

「何言ってやがる。さっきは、あんな女《ひと》に飼われたいとかなんとか、ぬかしやがってたくせに」

〈聞こえてたんですかい〉

「ああ。この助平犬がって思ってたぜ」

〈兄いだって、お倫さんを助けたいと思ってやしなかったですかい？　そんな助平心で有り金全部を……〉

「まあいいや、牙黒」

こんなところでいがみ合っていても仕方ないと、白九郎は牙黒の言葉を遮《さえぎ》った。

道行く人が、人間と犬との言い合いを聞いて、不思議そうな顔をして脇を通り過ぎて行った。

〈兄いは、もう一文の銭もないんですかい？〉

「どこかでめしを食える分ぐらいはあるさ。ちょっと待ってな」

と言って白九郎は懐《ふところ》から巾着《きんちゃく》を出すと、小銭を数えはじめた。

「一分と一朱、あとは……小粒銀二個と二十文ばかりあるな」

〈一分ってのは、駒札がたしか一枚……〉

「牙黒、すぐに引き返そうぜ。おれに考えがある」

一町の道を、ぶら提灯で足元を照らして引き返すと、黒塀の切り戸を叩いた。

「もうそろそろ賭場は閉まりますぜ」

切り戸が開いて、中から三下の声がした。

「まだ、何回かは張れるだろう。もうちょっと遊ばせてくれ」

開いた切り戸に、白九郎は顔を差し入れた。

「あれ、お客人。戻ってきたのですかい？」

「ああ、十三両も負けたんでな。どうにも腹の虫が治まらねえ。少しでも取り返そうと思ってな」

すんなりとその場は通って、白九郎と牙黒は再び鉄火場に足を踏み入れた。一分を駒札一枚に替える。

すでに文無しとなった客が数人帰り、ところどころ席が空《あ》いている。白九郎が座っていた席も、そのまま空いていた。同じ席に、白九郎と牙黒は座る。

「勝負は、あと四半刻となりやした」

賭場は宵五ツまでとなっている。七、八回ほどの勝負となろうか。

賽子が替えられたのか、露清丸のにおいがしない。牙黒は首を二回ほど振り、見送る仕草を送った。

――賽子ににおいがついてないのか？

白九郎は、自分の鼻をなでながら合図を送る。

――そういうこってす。だけど、だいじょうぶ。任せといてください。

牙黒は、そんな意味を込めて鼻の頭をぐるりと回した。

勝負を一回見送り、次の勝負に白九郎はなけなしの一分を賭けた。

牙黒の尻尾が、左を向いている。ということは、丁目だ。

手目《いかさま》はやってなさそうだ。

「丁！」

と声を発し、白九郎は駒札を縦にして置いた。

――においがないのに、牙黒はどうして分かった？

駒札を張ってから、白九郎は疑問に思った。牙黒は何気ない素振りで正面のお倫を見やっている。

片膝《かたひざ》を立てて、いく分開いた裾《すそ》に白い太腿《ふともも》がのぞく。小股《こまた》の切れ上がったいい女とは、このことをいうのだろうか。牙黒の視線は太腿に向いているようだ。

「勝負！」

と声が発せられ、賽壺が開く。

「四六の丁」

一分が二分となり、次にその二分を張った。二分が一両となり、その次は一両。倍々と駒札が増えていく。

これまでに、手目の素振りはまったくなかった。白九郎は五回の勝負をことごとく当て、手元は八両分と駒札が増えていた。

客は八人ほどに減っている。もち金を全部呑まれた七人の姿はすでになく、残った八人の内、儲けが出ているのは五人ほどだ。白九郎もその一人であり、勝ち組に属している。

とりわけ目が出ている客が一人いた。膝元に駒札が山となって積まれている。大店《おおだな》の若旦那風といった感じの男であった。齢《よわい》は白九郎と同じ二十歳くらいか。

「勝負はあと二回で打ち切りにさせていただきやす」

中盆の口上が飛ぶ。

そのとき、若旦那風から声がかかった。

「この勝負、壺を振っている雪椿のお倫さんと一対一《サシ》でやらせてはいただけませんか。ちょうど手持ちが五十両、全部を賭けます」

「ほかの客人の手前……」

「あっしはかまわねえよ。こんな大勝負、なかなか見られるもんじゃねえからな」

　白九郎も反対する理由はない。ほかの客と共にうなずいた。

場にいる客の賛同が得られた。あとはお倫が乗るかどうかである。ただ、お倫にそんな金はないはずである。

「中盆さん、この勝負やらせてはいただけないでしょうか？」

　すかさず、中盆は答えた。

「お倫さん。あんた、負けたらどうするんだい？　五十両なんて金はもってやしねえくせに」

「勝負を挑まれて、できませんとは言えないのが博奕打《ばくち》ちというもの。命を差し上げても、受けて立ちます」

「お倫さんの命、五十両じゃ安いぜ。うちとこにも貸した金が、五十両あるんですぜ。負けたらこいつをどうするんで？」

　話を聞いていると、やはりお倫は五十両の借金の形《かた》として、梅島一家に雇われたらしい。白九郎はそう思いつつ、黙って成り行きを見る。

「なんでい、五十両の尻尾つきってことかい。だったら、こうしましょうや」

　若旦那風が口にする。

「あたしが勝ったらお倫さんをいただく。そして尻尾の五十両は、この駒札で……」

「冗談言っちゃいけねえですぜ、お客人。この女の価値は五十両どころではねえんだぜ」

話に割って入ってきたのは、賭場を仕切る梅島一家の代貸であった。

「そうだな。その手元にある駒札全部に、あと五十両上乗せしてどうだ？　お客人が勝てば、お倫と、駒札もそっちのもんとなる。都合百両の勝負でどうだい？」

「負けても五十両なんて金は、ここにはありませんよ」

「今すぐとは言いやせんよ。ちょっと、書き付けにお名を書いてくれればいいんで」

五十両の借用書と聞いて、さすがに男は躊躇《ためら》う。そのとき、お倫の片膝がさらに高くなった。裾が開き、太腿の奥がちらつく。

ゴクリと、若旦那風の咽喉《のど》が鳴った。

勝てばお倫が自分のものとなり、さらに手元の五十両は残る。寺銭を差っ引かれると、正確には四十両か。

男の食指が動いた。

「ようございましょう。駒札と借用証文、合わせて百両勝負と行こうじゃありませんか」

相当な道楽息子らしい。とうとう博奕に百両という金を張る。

成り行きは、牙黒には分からない。何を言ってるのかと、この場で白九郎に訊くこともできない。

「それではご一統《いっとう》さん、よろしいですかい。一対一《サシ》の勝負に入らせていただきやす」

中盆の口上があって、若旦那風はお倫の真正面に座った。その隣に、白九郎と牙黒がいる。

場に静寂が宿った。

男のこめかみから、一筋の汗が流れ落ちた。

「ようござんすか？」

賽壺の中と、賽子を男に向けて指し示す。

「入ります」

男の返事を待たず、お倫は賽壺を振る。一連の所作であった。

「さあ、張ってください」

じっと目を瞑《つむ》り、若い男は出目を読む。

――どうしたんです兄い。張らねえのですかい？

上目使いで、牙黒は白九郎を見上げた。すると、首が左右に振られている。ほかの客も張っていないところから、牙黒はようやくこれが一対一の勝負だと分かった。しかし、この勝負に何を賭けているのかまでは知らない。

七

伏せられた賽壺に、牙黒は鼻を向けた。

――丁か。

牙黒の尻尾が左を向いて、白九郎は自分の駒札を賭けたい衝動に駆られた。だが、ここは黙しておかなくてはならない。

白九郎は、お倫の顔を見やった。すると、いく分しかめ面《つら》となっている。斜めうしろに、べったりと男がついている。梅島一家の三下であった。

――牙黒。

白九郎は、牙黒の背中を指でつついた。

――なんです？

――あれを見ろ。

白九郎が顎《あご》で伝える。顎で指す先に、牙黒の目が向く。お倫の背中につく、怪しい仕草の男の様子を見てこいとのことらしい。

牙黒は体を起こすと、そっと盆床を半周した。誰も牙黒に気を留める者はいない。みな、一対一の勝負に目が向いている。

脇のほうからなら、三下の仕草がよく見える。手には匕首《あいくち》が抜身《ぬきみ》となって握られ、その切っ先はお倫の脇腹にあてられていた。

その様子を見て、牙黒は元のところへと戻った。

〈匕首……〉

牙黒は一言、クゥーンと鼻を鳴らすような声で、白九郎に伝えた。

――やっぱりそうか。

白九郎がうなずいて、分かったとの合図を牙黒に返す。

そのときであった。

「丁！」

若旦那風の声が、場に轟《とどろ》いた。

——男の勝ち。

これでお倫はあの男のものになってしまうと思った白九郎は、羨《うらや》ましいやら憎らしいやらの心境となった。

「五二《グニ》の半」

中盆が出目を読んだ。

〈……えっ？〉

牙黒は驚いた。賽壺の中は二ゾロの丁の目であった。だが、賽壺が開くと変わっていた。露清丸のにおいこそしなかったものの、お倫の化粧のにおいが賽子についき、それで嗅ぎ分けられたのだ。露清丸よりも、はるかに芳《かんば》しい香りに、牙黒の鼻が狂うことはない。

牙黒は白九郎の顔を見やって首を傾げた。

若旦那風ががっくりと頭《こうべ》を垂れる。

お倫が手目《いかさま》を仕掛けた。いや、やらされたというのが本当であろう。

白九郎は考えに考えた。手目を暴こうにも、手元に刀はない。賭場に入る折に、預けてあるからだ。

「牙黒、帰るぞ」

白九郎は、自分の駒札を手にすると立ち上がった。

――兄い、どうするんで?

と、気持ちを伝えたいがどうにもできない。

「気の毒だが、つまらぬ勝負を仕掛けたほうが悪い」

と、声に出して言う。

――そんな薄情な……。

牙黒は訝《いぶか》しげに見やり、梅島一家の者たちは機嫌のよさそうな顔で白九郎を見ている。

帳場に行って駒札を金に替えると、白九郎は預けてある刀を受け取った。白九郎の愛刀は、肥後《ひご》の刀工同田貫業次《どうたぬきなりつぐ》である。刃長《じんちょう》二尺四寸五分と長めなのは、上背のある体格に合わせてある。

――久しぶりの賭場荒らしか。

白九郎は心の内で呟いた。

その前に、牙黒の話を聞くことにした。

〈三下の手に、匕首が握られてましたぜ〉

「そいつは、さっき分かった。ところで、どうして賽の目が変わったい？」

梅島一家にある、庭木の陰の人目につかないところで、白九郎は訊いた。

〈賽壺の中にあるうちは二ゾロだったんですがね、開いたら五と二。片方の賽子からにおいが消えてたんでさあ〉

賽壺を開けるさいに、細工賽《さいくざい》とすり替えたのだろう。人目に分からぬよう、素早い芸当ができるのも、壺振りの実力のうちであった。

〈それで、兄いはどうしようというんで？〉

「賭場が跳ねたら、乗り込むことにする。どうせ奴らはお倫さんを解き放ちはしねえだろう。匕首の刃《やいば》を突きつけて、手目をやらせるくらいだからな」

それからしばらくして、外が慌《あわただ》しくなった。

賭博客が一斉に出てくるのが見えた。一度の勝負で百両を取られた若旦那風は、その中にはいない。五十両の借用証文を梅島一家に預け、すでに賭場をあとにしていた。

「すごい勝負を見ましたなあ」

「あんな倅《せがれ》をもったら、身代《しんだい》もあっという間に傾くでしょうな。どこの若旦那なんです？」

客たちの話し声が聞こえてくる。それを、木陰に隠れて聞いていた。

「なんですか、薬屋の若旦那とか」

薬屋と聞いて、白九郎はふと武田屋を思い出した。だが、武田屋に倅はいない。

久米衛門からは子どもはお美乃一人だと聞いている。

「たしか、武田屋の道楽息子だとか。勘当寸前の倅だそうで……」

「えっ？」

白九郎は、思わず大きな声を発するところであった。賭博客たちの話はつづく。

「どうやら武田屋の跡取りは、娘に婿《むこ》をとって継がせるそうで……」

客同士の話が白九郎の耳に届いたのは、ここまでであった。

〈兄い、そんなに驚いた顔をして、どうしたんですかい？〉

白九郎は、腰を落とすと牙黒に顔を近づけた。

「あの若いのはな、どうやらお美乃さんの兄貴らしいんだ」

〈なんですって？〉

ワンと吠えて返す。鳴き声が大きかった。

「誰かいるんでい？」

三下たちが声を聞きつけ、近寄ってきた。すると牙黒が明かりのあるところまで行って姿を見せた。

「なんでえ、犬か」

隠れている白九郎に気づかず、戻っていく。

「そのことは、あとで詳しく話す。これで、お倫さんの身ばかりじゃなく、五十両の借用証文も取り返さなくてはならなくなったぜ」

牙黒に告げると、白九郎はすっくと立ち上がった。

「それじゃ、踏み込むぜ」

〈合点だ〉

博奕場の戸口から、最後の客が出てきた。

「気をつけて、お帰りを……」

「きょうは、とことんやられましたな」

三下に見送られ、塀の切り戸に向かう。建屋の戸口は開いている。勢いをつけて白九郎と牙黒は、中へと入った。

「あっ、おめえは……」

若い衆の制止を聞かず、白九郎は土足のまま奥の賭場に向かう。

博奕客はみな引き上げたが、梅島一家の者たちはそろって残っている。

襖《ふすま》の向こうから、お倫の声が聞こえてきた。

「代貸。一対一《サシ》の勝負は、あたしの命を賭けたのですよ。だったら儲けはあたしのものだ。これで解き放っては……」

くれないかと、代貸に向けて、お倫が訴えている。

「ちょっと待てお倫。廊下が騒がしい。何が……」

代貸が廊下側の襖に目を向けたのと、開くのが同時であった。

「あっ、てめえは……」

「よくも手目博奕《いかさま》を仕掛けてくれたな」

牙黒を脇に従えて、白九郎が仁王立ちしている。

「何をぬかしやがる。文句があるんなら、そんときに言えってんだ」

「あんとき暴いてもよかったのかい？　そうなったら、この賭場はもう終《しま》いだぜ。今後、梅島一家の賭場には誰も近寄らなくなるからな。客の前じゃ黙っていたことを、慈悲と思いやがれ」

白九郎が啖呵《たんか》を切った。

「何をごちゃごちゃと、御託《ごたく》を並べやがる」

四十歳近い代貸は痩《や》せぎすではあるが、一家の最高幹部だけに押し出しがあった。

「壺振りの脇腹に匕首を押しあて、賽子の出目を操るなんてのは、そんじょそこらの賭場では見ねえ、汚ねえやり方だぜ。そうだろう、お倫さん」

代貸と向かい合って座るお倫に向けて、白九郎は言った。

「ああ、そうなんだよ。肝心なときに手目をやれって……」

「何を言いやがる、お倫」

代貸の言葉を聞き流して、お倫は素早く立ち上がると白九郎のうしろに回った。

「丁の目と出た賽子を、壺を開けるときにすり替えただろ？　お倫さんよ……」

「ああ、仕方なしにこの賽子をつかってね。そうしないと、あたしはお陀仏《だぶつ》だったから」

白九郎の問いに、お倫がすらすらと手口を暴く。お倫は袖口《そでぐち》から賽子一つを取り出すと、白九郎に手渡した。

「なんだこの賽子は。六面に一と三と五しかねえじゃないか」

二四六の目がない、偏り賽子であった。一瞬にしてすり替えたのだとお倫は明かした。

「壺振りがそう言ってんだから、手目は間違いねえだろう。ここで、お倫さんを解き放ち、あの若いのが置いていった五十両の証文を渡してもらおうじゃねえか。おれのほうから返しといてやらあ」

手目博奕を暴かれては、代貸としては二の句が継げない。ここは、白九郎のほうに分があった。だが、相手はならず者の集団である。はいそうですかと、要望を聞き入れるはずはない。

いつの間にか梅島一家の子分衆が三十人ほど、二人と一匹を取り囲んでいる。みなやくざ仕立ての長脇差《ドス》を手にして、今にも抜かんばかりの殺気であった。

「そうやって、数を頼って脅そうってのかい」

喧嘩《けんか》殺法の三十人を相手にしては、さすがに白九郎も不利は否めない。

「こいつらを生きて帰すな。簀巻《すま》きにして、大川に……痛えぇー」

代貸の号令が悲鳴に変わった。

牙黒が代貸の脛《すね》に嚙みついて離さない。

「おっ、おいなんとかしろ。この犬……」

激痛に顔を歪《ゆが》めながら、誰にともなく代貸は命ずる。しかし、子分は動けない。白九郎が、刀を抜いて代貸に向けているからだ。

「この犬はな、肉を食いちぎるまで嚙みついているぜ。なんせ、三十人からの人間を嚙み殺したやつだからな」

犬たちの世界で語り継がれている牙黒の伝説を、白九郎はここで使わせてもらった。

「おい、離せ。離してくれ……」

白九郎の言葉に怯《ひる》んだか、代貸は激痛に声を震わせて嘆願をする。

「お倫さんと借用証文を返してくれるまで、離すんじゃねえぞ牙黒」

うぅーと唸《うな》って、牙黒は応じる。そこに、どやどやと廊下を伝わる足音が聞こえてきた。

「親分……」

子分衆たちが一斉に頭を下げた。

「いってえ、なんの騒ぎだい？　親分衆の寄り合いから帰ってみたら、賭場が騒がしいじゃねえか。なんでえ代貸、そのざまは」

四十も半ばの厳《いか》つい顔に皺《しわ》を刻んだ梅島一家の親分が、犬に脛を嚙みつかれている代貸に言った。

「実は親分……」

苦痛に顔を歪める代貸の代わりに、中盆を務めていた若衆頭が経緯《いきさつ》を話した。

「なんだと、手目を見破られての殴り込みってのかい」

と言った親分の顔が、白九郎に向く。

「その犬を、代貸から離してやっちゃくれねえかい」

親分直々《じきじき》の嘆願に、白九郎は首を振る。

「いや、駄目だ。まだ、何も答えは聞いちゃいねえからな。ここにいるお倫さんを解き放つのと、五十両の……」

「ああ、それは聞き入れる。こっちが手目を仕掛けたんだ。ばれりゃ、当然だろう」

「もの分かりのいい親分さんですねえ。おい、牙黒……」

ここでようやく、牙黒は嚙んでいる口を脛から離した。

「ワン」

と、ひと吠えする。

〈顎《あご》がくたびった〉

と、白九郎には聞こえる。

若衆頭の手から借用証文を受け取ると、中を開いてみた。五十両の額面と利息の条件が書かれてある。

『利息のこと　十日ごと一割が生じるものなり』

「ずいぶんと高い利息だな。十日もそのままだったら五両が上乗せってことかい」

言いながら白九郎は、先を読む。日づけの先に、借主の名が書いてある。

「神田小柳町　武田屋新太郎《しんたろう》か……」

男は、やはり武田屋の息子であった。新太郎という名を、白九郎は頭に刻み込む。

「よし、証文はもらった。それじゃ行こうか」

白九郎が懐《ふところ》に借用証文をしまいながら言った。牙黒はお倫を守るようにして、賭場を去ろうと足を踏み出す。

取り囲んでいた若い衆が、行く手を開けたときであった。

「あれ？」

子分衆の中に、見たような顔が三人交じっていた。お倫も、それに気づく。

「あんたは……？」

親分と代貸を相手にしていて、気づかなかった。

「あんたらは、白玉銀三郎商店の者じゃねえのかい？　堅気《かたぎ》を名乗っていたのが、なんでこんなところにいる？」

「それはだな……」

口を出したのは、親分であった。

梅島一家の銀三郎は、博徒の貸元を務める傍《かたわ》ら、白玉銀三郎商店という金貸しの二足の草鞋《わらじ》を履いていた。白玉銀三郎商店は、表向きは堅気の商《あきな》いの触れ込みである。だが、雇う奉公人は、梅島一家の息がかかる者たちであった。

お倫の父親が作った五十両の借金の形に、煮売り茶屋の家を取り上げ、さらにお倫を連れさり、賭場で賽壺を振らす。

「あれ？」

ここで白九郎の脳裏に、忘れかけていた疑問が甦《よみがえ》った。

――煮売り茶屋の年増娘が、なぜ壺振りに？

第三章　おせっかいの果て

一

「なんでお倫さんは、壺振りに？」

「そのわけは、あとで話します。それよりもお店を」

煮売り茶屋を取り上げられたお倫の父親は、元鳥越町《もととりごえちょう》の裏長屋に独りで住んでいるという。

「あたしもほとんど軟禁状態で外にも出られず、お父っつぁんの体が心配で……」

お倫の言いたいことは分かる。こうなると、白玉銀三郎商店の手から煮売り茶屋を取り返さねばならないと、白九郎の気持ちが動く。

「分かった。なんとかしようじゃねえか」

〈……また、おせっかいかい〉

と呟《つぶや》くものの、牙黒は悪い気がしていない。

〈そうこなくちゃ、兄いらしくないぜ〉

牙黒のぶつぶつを気にもとめずに、白九郎の顔が、親分の銀三郎に向いた。

「お倫さんは、さっきの一対一《サシ》の勝負で、親父の借金を返したはずだぜ」

「いや、それとこれとは違う。だいいち、賭場と白玉銀三郎商店はまったく別のもんだ。一緒くたにはしねえでくれ」

銀三郎が、白九郎の言い分をつっぱねた。善《よ》し悪《あ》しはともかく、これは相手の筋が通っている。

「どうやったら、店を返してくれるんだい？」

白九郎は別の手立てを考える。

「五十両、耳をそろえて返してもらえば、すぐにでも店は返してやる」

「駒札で返したはずだぜ」

「あれでは寺銭を差っ引いても、四十両にしかならねえ。それに、そいつは梅島一家とのやり取りで、白玉銀三郎商店とはなんのかかわりもねえ」

銀三郎が、二足の草鞋を盾《たて》に取った。

「その四十両で、お倫を解き放ったんだ。文句はねえだろう」

代貸が、脛の痛みに顔をしかめながら言った。

「今、その手にある証文で支払ったらどうだい。そうしたら、店の権利書は返してやろうじゃねえか」

銀三郎が言う。ここで借用証文を戻すわけにはいかない。武田屋に難儀が降りかかる。

武田屋の主《あるじ》から奉公人まで、みな若旦那である新太郎の存在を隠していた。それほど放蕩《ほうとう》に明け暮れた新太郎に、白九郎は自分を重ねていた。自分も同じようなことをしてきた。散々親に迷惑をかけた挙句、武士の家を勘当された身だ。他人事《ひとごと》とは思えなかった。

ただ一つ、新太郎に言いたいことは、自分の尻は自分で拭《ふ》けということである。

「いや、これは渡すわけにはいかねえ、と言いてえところだが、こっちも五十両なんてもち合せはねえ。でしたら、どうです親分？」

新太郎の借用書を、煮売り茶屋奪還に利用することにした。

「なんでい？」

「親分も博奕打ちなら、おれと一対一《サシ》の勝負をしてみませんか？」

「一対一《サシ》の勝負だとう」

「おれがもつこの証文と、お倫さんの店の権利書を賭けるんですぜ。まさか、親分ともあろうお人が、負けるのがいやで……」

白九郎がけしかける。

「何を言ってやがる、ど三一《さんぴん》のくせしやがって。分かった、受けて立とうじゃねえか」

ここで断ったら親分としての面子《メンツ》にかかわると、銀三郎は白九郎の挑発に乗った。

博奕場に、再び盆床が敷かれた。

お倫は当事者なので、壺を振れない。

「どちらさんでも、結構ですよ。まさか、この場で手目《いかさま》を仕掛けやしないでしょうからね」

白九郎は、壺振りを相手に譲った。

「でしたら、あっしが振りやしょう」

助盆として、お倫の脇にいた男が諸肌《もろはだ》を脱いだ。ひょっとこの彫り物が背中に描かれている。

「手目なんか仕掛けるんじゃねえぞ」

「へい、分かってまさあ」

親分銀三郎に念を押され、助盆は大きくうなずいた。

真新しい賽子と、賽壺が厚みのある盆茣蓙《ぼんござ》の上におかれた。

白玉銀三郎商店の主としての銀三郎と、白九郎が並んで座る。白九郎の脇に牙黒が座り、その隣にお倫が座った。

盆床を挟んで、壺振りが腰を下ろした。

「ちょっと、厠《かわや》に行ってきていいですかい？」

勝負の前に小便がしたくなったと、白九郎は訴える。それを銀三郎は、怖気《おじけ》と取った。

「ああ、いいから行ってこい。小便でもなんでもして、落ち着いてくりゃいいやな」

「厠は、どっちで？」

「おい、誰か案内してやれ」

三下に案内されて、白九郎が出ていく。

「いざとなったら、気が弱《よえ》えもんだぜ」

親分の戯《ざ》れ言《ごと》に、梅島一家の一同に笑い声が起こった。

牙黒には、白九郎が厠に行った理由《わけ》が分かっていた。

やがて、白九郎が戻ってきた。

「ずいぶんと、ゆっくりだったな」

「へえ、腹の具合が……」

たっぷりと、露清丸のにおいを指にくっつけてきたのであろうと、牙黒は思った。

「それでは、はじめるかい。一番勝負だぜ」

「分かってますぜ」

銀三郎の言葉に、白九郎がかぶせた。

「賽壺と賽子を検めてくれやせんか」

助盆が、白九郎の前に差し出した。

「賽壺は、お倫さんが見てくれませんか」

壺のほうに露清丸のにおいがつくと、牙黒の鼻に支障が出る。

「なんの仕掛けもございません」

お倫は賽壺を戻した。

一方、白九郎は賽子を両の手に転がし、指で擦《こす》りながら検《あらた》めている。二度三度と盆床に転がしてたしかめる。牙黒の鼻先が賽子に向いて、うなずく仕草があった。

「仕掛けはねえようです」

うなずきながら、白九郎は賽子を戻した。

「それでは一番勝負、入ります。壺……」

中盆の合図で、賽壺は振られた。

「客人から張りなせい」

銀三郎が剛毅《ごうき》なところを見せて、白九郎に先を譲った。大勝負の前に怖気づき、厠に行った白九郎を小心者と見ている。

厠に立ったのは、露清丸のにおいを指につけるだけでなく、銀三郎にそう思わせるためでもあった。

——さすれば、先張りを譲る。

白九郎の読みは的中した。

「それでは、お言葉に甘えさせていただきます」

牙黒の尻尾をちらりと見ると、右を向いている。

「丁にしようかな……いや、やっぱり半」

一度迷ったところは、怪しまれないためである。怖《お》ず怖ずと、白九郎は半目に借用証文を賭ける。

「よし、丁だ！」

かけ声高らかに、銀三郎は丁目に権利書を置いた。

「そんな、自信のねえ賭け方じゃ当たるものも当たらねえぜ」

賽壺が開く前に、銀三郎のいやみが一つあった。

「勝負！」

中盆のかけ声があって、賽壺が開く。

「一六《ピンロク》の半」

すかさず賽子の出目が読まれ、白九郎の勝ちとなった。

「なんだか、この賽子はにおいますねえ」

中盆のもの言いに、白九郎は思った。

――ちょっと、露清丸をつけすぎたかな。

それでも、気がつく者は誰もいない。

「久しぶりに、面白い勝負だったぜ」

銀三郎の言葉に送られて、白九郎と牙黒、そしてお倫はすんなりと梅島一家をあとにすることができた。おまけに、ぶら提灯を二張りもたせてくれた。

すでに宵五ツの鐘が鳴って間がある。細かい話はあとにしようと、白九郎とお倫は無言で歩いた。

「あのう……」

両国橋の袂《たもと》にきたとき、お倫から声がかかった。

「どうしやした？」

「今夜泊まるところがないのです」

「泊まるところがないって……親父さんのところは？」

「元鳥越町の裏長屋に住んでるって聞いたんですが、どこなのかは……」

長屋の名までは分からないと、お倫がいう。

二人のやり取りを聞いていた牙黒が、ワンワンと吠え出した。

〈兄い、今夜泊めてやったらどうですかい〉

「そうだな。話もあるし……」

「誰に向けて話をしてるんだい？」

不思議に思った、お倫が訊《たず》ねる。

「話はこの犬とだ。牙黒って名なんだがな……」

「白九郎さんは、犬と話ができるのかい？」

「ああ、こいつとは気持ちが通じ合っているからな」

〈たいしたものでございましょ〉

牙黒がお倫に話しかけるが、鳴き声にしか聞こえない。

「牙黒の話はおれに分かるし、おれが話すことは牙黒にも通じるってことでさあ。なんでそうかって言われれば、そうだからしょうがねえだろとしか、言いようがありませんや」

「なんだか、すごく仲がよくて羨《うらや》ましいねえ」

「お倫さんが、羨ましがってるぜ」

お倫の言葉を、牙黒に伝える。

〈さいですかい。いつも喧嘩ばかりしてますって、言ってやってくれませんか〉

牙黒の言葉を、そのままお倫に伝える。

「夜も遅いし、うちに泊まりやすかい？　神田連雀町の一軒家ですが、部屋は三つありやすし……」

「嘘ばっかり……」

「ええ、喜んで……」

お倫が牙黒を見やって言った。

「おい、お倫さんが喜んで泊まると言ってるぜ」

〈そいつはうれしいな。ぜひ、脇で寝させてくれと言ってもらえませんか？〉

「そんなことは、てめえの口で頼め」

〈そんなつれねえことを言わんでくださいな。頼みますよ〉

両国橋の中ほどまで来たあたりでの、やり取りであった。

二

途中、夜泣き蕎麦屋《そばや》で腹を満たし、連雀町へと戻った。

「あたしが育ったのは越後の柏崎《かしわざき》ってところ。遠くに佐渡島《さどがしま》が見えるところさ」

〽はぁー　佐渡ぉへー　佐渡ぉへーとー……

ここでお倫は、佐渡おけさの一節を入れた。

「冬は雪の深いところでね、雪椿って花が咲くんだよ」

「それで、肩口に彫り物を？」

「ああ、雪椿の一輪をね」

お倫の話は、牙黒には通じない。あとで、白九郎から聞けばいいやと、一つ欠伸《あくび》をしてお倫の脇で腹ばいとなった。目を瞑《つむ》った牙黒に睡魔が襲う。

「牙黒のやつ、寝ちまいやがった」

「それにしても、犬と話ができるなんて……」

牙黒の頭をなでながら、お倫が言った。

「不思議でございやしょう。まあ、それはいいとして越後ってところから来たのですかい？　越後ってのは、上杉謙信《うえすぎけんしん》っていう人が……」

白九郎は、越後に行ったことはない。越後がどこらへんにあるのかは分からなくても、有名な武将の話から、国の名ぐらいは知っていた。

お倫の父親の六平は元博奕打ちで、幼いころから壺振りの技を教えこまれたという。

「あたしの生まれ在所は若狭《わかさ》の小浜《おばま》ってところでね、五つのころだった。お父っつぁんが手目博奕《いかさま》に巻き込まれ、おっ母さんと一緒に逃げた挙句、越後の柏崎ってところに辿《たど》り着いたのさ。越後に来ても、やくざから簡単には足を洗えない。お父っつぁんは壺振りとしては一流でね、あちこちの賭場で引っ張りだこだった。あたしは、そんなお父っつぁんに憧《あこが》れて、壺振りの修業をしてたのさ。肩の彫物だって、粋《いき》がって二十歳のときに入れたんだ。お父っつぁんは五年前に博奕打ちから足を洗い、家族一緒に江戸に出て板前の修業をしたのさ。ようやく店をもてたのは、二年前。これで落ち着いたと思ったところで、おっ母さんが重い病《やまい》になってね、あっけなく死んじまった。がっかりしたお父っつぁんは、再び賭場に出入りするようになったのだねえ。今度は客としてね。負けが込んで借金までこさえ、挙句の果てにとうとう白玉銀三郎商店に……あら、寝ちまったよ」

背中を壁にもたれさせ、お倫の話を聞いていた白九郎は、話の途中で舟を漕《こ》ぎはじめると、そのままゴロリと横になった。

「それからあとのことは、ご承知の通りよ」

独りごちて、お倫の話は終わった。

季節は夏に入っている。掻巻《かいまき》をかけなくても、風邪をひくことはない。

「……あたしも寝るとするか」

その夜は、二人と一匹の雑魚寝《ざこね》となった。

翌朝お倫は、元鳥越町にいるという父親の元へと向かった。

「――今度こそ、お父っつぁんをまともにさせる。もう、店を手放すもんですか」

店の権利書を握りしめながら、お倫は白九郎に言った。

〈お倫さんて、どんなお方なんですかい？〉

お倫がいなくなってから、牙黒が白九郎に問う。

「五つのころに、越後の柏崎ってところに流れて……」

〈なんだか唄《うた》みてえなのを、唄ってましたねえ。そこまでは、聞こえてたんですが……〉

白九郎は、お倫から聞いた身の上話を牙黒に語った。

〈それにしても、いい女でありましたね〉

「犬のくせしやがって……」

白九郎は、フンと鼻で笑って取り合わないことにした。

「それよりも、これから武田屋に行かなくちゃな」

〈若旦那のことでですかい？〉

「そうだ。借用証文を……」

〈返してやろうってんですかい？〉

「ああ、その通りだ」

牙黒が首を傾げた。

「なんでえ。何か不服でもあるんか？」

〈へえ。ただ返してやるのもどんなもんかと……〉

「どんなものってのは、どういうことだい？」

〈あいよなんて言って返したところで、若旦那は喜ぶだけでやしょう。だったらいい機会ですから、この証文で若旦那の性根を叩き直してやったらどうかと……〉

牙黒は自分の考えを、白九郎に語った。

「おめえってやつは、本当に犬にしておくのはもったいねえ」

牙黒から知恵を授けられ、白九郎は感心しきりとなった。

武田屋の近くに来て、白九郎は通りから店をうかがっていた。

しばらくすると、店の中から顔見知りである小僧の定吉が、竹箒《たかぼうき》をもって出てきた。

「ワン」

牙黒が近寄り、定吉の足元でひと吠えした。

「あれ、牙黒……」

定吉があたりを見回すと、少し離れたところで白九郎が手招きをしている。

「おはようございます。なんでございましょうか？」

挨拶《あいさつ》のあと、訝《いぶか》しそうな顔をして定吉が訊いた。

「小耳に挟んだんだが、武田屋さんには倅《せがれ》さんがいるのかい？」

いきなり訊かれ、定吉は戸惑った。

「えっ？　そっ、そんな人はいませんよ」

定吉の顔が引きつっている。明らかに、隠し立てをしている顔だ。そこに白九郎は畳みかける。

「おかしいな。いねえはずはねえんだが。たしか新太郎って名の……」

「どうして白九郎さんは、そのことを……？」

「やっぱりいたんかい」

　定吉は重い口調で話しはじめる。

「若旦那のことは、黙っていろと固く言われてますんで、手前から聞いたとは絶対に言わないでください」

「絶対に言わねえよ。誓って約束する」

　白九郎は大きくうなずき、定吉の不安を取り除いた。

「ここには若旦那はいらっしゃいません」

「住んではいないってことかい？」

「若旦那は二月《ふたつき》ほど前に家を飛び出したきり戻っていないんです。大旦那様はもう勘当だと言って……白九郎さんに若旦那のことを黙っていたのは、口止めをされていたからです。とくに、白九郎さんだけには話すなって」

「おれだけにってか……なんでだい？」

「さあ。大旦那様の考えていることは、小僧のあたしなんかに分かるはずがありませんでしょ」

　定吉の言うことはもっともだと、白九郎はうなずいた。

「新太郎さんの行き先ってのは、どこだか分かるかい」

「あたしが知るはずないでしょ。大旦那様だって、知らないってものを」

家出をした者が、いちいち行き先を告げるはずがない。

「お美乃さんも知らないかなあ」

「お嬢さんだって、おそらく知らないでしょう」

定吉が言ったところで、店先から声が聞こえてきた。

「定吉、どこにいるのだ？」

「あっ、番頭さんが呼んでる。戻らなくちゃ……」

とりあえず、武田屋に倅がいることだけはたしかめられた。白九郎は、定吉とのやり取りを牙黒に語った。

〈どうして兄いだけには、黙っていろと言われてたんでしょうかね？〉

「おれに分かるはずがねえ。それよりも、新太郎を捜すほうが先だ」

白九郎が腕を組んで、独りごちる。

〈新太郎さんは焦《あせ》ってるでしょうね。借用証文が梅島一家に残ってると思い込んでいましょうから〉

「今ごろは、金の工面《くめん》で躍起になってるはずだ。早く捜してやらねえと」

きた。
〈さいですね。さてと、どうしたもんだか……〉
白九郎と牙黒が、路地のもの陰で思案をしているところに一匹の犬が近づいて
〈牙黒の兄貴じゃございやせんか？〉
〈あっ、おめえは雷電親分のところの……〉
〈親分は、いい名をつけてもらったと、よろこんでやしたぜ。もっとも、雷電て
名で呼ぶ者は、誰もいませんがね〉
雷電の子分が顔を上げて白九郎を見やると「ワン」とひと吠えした。
〈きょうも、暑いですねえって言ってますぜ〉
牙黒が通訳する。
〈ところで兄貴たちは、こんなところで何をしてるんですかい？〉
牙黒と子分のやり取りを見ていて、白九郎は閃《ひらめ》いた。
「おい、牙黒。雷電に頼めねえかな」
〈雷電親分にですかい。何を……あっ、そうか〉
白九郎の言わんとしていることは、牙黒に通じた。すかさず、牙黒は子分に頼
んだ。

〈雷電親分に会えねえかな？　人を捜すのを手伝っちゃくれねえかと〉

「さすが牙黒だ。おれの考えてることを、そのまま言いやがら」

雷電の配下である野犬の鼻を頼れば、新太郎を見つけるのは難しくなかろう、というのが白九郎の考えであった。

〈親分なら、いつもの柳原の土手にくれば居どころは知れまさあ。あっしがつなぎをつけておきやすから、いつでもいらしてくだせい〉

立ち去る子分に、白九郎は「頼むぜ」と声をかけ、牙黒が通訳した。

〈ただ、兄い……〉

「なんだ、牙黒？」

〈新太郎さんの、においがついたものを手に入れませんと……〉

「いったい何がいい？」

〈着ているものが一番いいんですが。それも、なるべく洗ってないものがあれば……〉

「……洗ってない着物か」

ここは久米衛門と会って、経緯を話すのが手っ取り早い。しかし、賭場での話をすれば、即刻勘当ということもありうる。

それでも、ここは大旦那さんに話をする以外ないかと、白九郎の気持ちは傾いた。

三

「これから行って、大旦那さんに話をしようと思うんだ」

白九郎が言うと、牙黒は待ったをかけた。

〈大旦那様に会うのは、いかがなものかと思いますぜ。だいいち、その証文を見せなくちゃならんでしょうに。そうなると、ますます新太郎さんを窮地に追いやることになりませんかね〉

「そこも考えた、挙句だ」

自分も勘当された身だ。商家はどうか分からぬが、武家ならば、一度主《あるじ》がそれを口にしたら、許しを乞《こ》うことができぬ厳しさがある。

〈勘当にでもなったら、もう取り返しがつかんのでしょう?〉

「多分な。人別帳から外すのが勘当ってもんだ。そうなると、簡単には元には戻れなくなる。新太郎さんは、その手前まで来ているらしい。ただ、大旦那さんがそこまでふん切れないのも分かる気がする。そこにもってきて、博奕の借金などもち出したら……」

白九郎が、迷いを口にする。

「要は、どうやって新太郎さんの着物をもち出すかだ」

〈ならばあっしに、いい考えがありますぜ〉

「ほう、どんな考えだ」

〈みなづきちゃんに話してみたらどうかと〉

「それでは、お美乃さんに筒抜けになっちまうぞ。そこから、大旦那さんに……」

白九郎は懸念した。

〈ですから、遠回しに新太郎さんのことを訊くんですよ。そして、お美乃さんの考えを知ったうえで動いたほうがよろしいのではないですかい〉

「なるほどなあ。さすが、牙黒だぜ」

白九郎から褒《ほ》められると、悪い気がしない。牙黒は、調子に乗った。

〈ならばさっそくみなづきちゃんを連れてきますぜ。あっしが、つき合いませんかって誘えば、尻尾を振ってついてきまさあ〉

「そうかい、たいした自信だな。だったら、頼むわ」

〈兄いは、ここで待っててくださいな〉

と言い残し、牙黒は武田屋の母屋に向かった。

裏の出入り口は、生憎《あいにく》と閉まっている。

牙黒は、塀越しに鳴き声を上げて、みなづきを呼んだ。

〈あっしだ、みなづきちゃん。話があるんだけどな、ちょっとつき合っちゃくれねえかい？〉

その声が、遠くにいる白九郎にも聞こえた。

「そんなぶっきら棒な誘い方じゃだめだぜ。女を誘うなら、もっとこう言葉を馬鹿丁寧《てぃねぃ》ぐれえに……ああ、じれってえ」

近くまでいって、指南してやりたい衝動に駆られたが、ここは任す以外にないと白九郎は気持ちを抑えた。

〈お嬢様。外で吠えてるのは、牙黒さんです。なんですか、つき合ってくれと言ってますが……〉

お美乃とみなづきも、話が通じあえる人と犬の仲であった。

「あっ、そう。みなづきさえよかったら、つき合ってやったら」

〈ですが、牙黒さんひとりで来たのかしら。もしかしたら、脇に白九郎さんがいて、お嬢様のことを……〉

「何言ってるの、みなづきは。あたしは白九郎さんなんて、眼中にないの。もしそうだったとしたら、断ってきて」

〈本当に、いいのですか？〉

「いいって言ってるじゃない。あたし、あんな馬鹿丁寧におべっかを使う男《ひと》って、大っ嫌い」

〈分かりました。わたしもお断りしてきます〉

みなづきは、お美乃に言い残すと裏木戸に向かった。口で閂《かんぬき》を開けて、外へと顔を出す。

〈すまねえな、みなづきちゃん。大声で呼び出したりして〉

〈いいけど、お独りなの？〉

周りを見ても、白九郎はいない。

〈ああ、そうだ。あっしから、ちょっと話があってな〉

〈何よ、話って？　はっきり言っとくけど、わたしは……〉

そのあとの言葉は牙黒としては聞きたくない。ここでみなづきに振られたら、話は行き詰まってしまう。

〈そうじゃねえんだ。ちょっと、武田屋さんのことでみなづきちゃんに訊きてえことが……〉

尻尾を振ってついて来るどころではない。危うく木戸を閉められるところを、牙黒は必死に食い下がった。

〈向こうに、兄いがいる〉

〈ということは、お嬢様に……？〉

〈いや、そうじゃねえんだ。ここで事情《わけ》は話せねえ。お嬢さんの耳にも、まだ入れたくねえのでな。人には聞かせたくねえ話なので、あっしが来たんだ。みなづきちゃんを頼りたくてな〉

頼りたいと言われて、みなづきはその気になった。

〈分かったわ。お嬢様に断ってきます〉

〈あっしと、散歩にでも行ってくるぐれえのことにしといてくれ〉

分かったと言って、みなづきはお美乃の元に戻った。

〈お散歩に誘われたんです。行ってきてもいいですか？〉

「あら、そう。牙黒も隅《すみ》におけないわねえ」

意外にも、お美乃は機嫌よく送り出してくれた。


〈話って、何？〉

〈そいつは、兄いのいるところで話す。ついてきてくれ〉

牙黒のあとを、みなづきが従うようについてくる。白九郎は感心した。

「……やるもんだな、牙黒も」

もの陰に立つ白九郎のもとに、二匹が近づいてきた。

〈こんにちは……〉

みなづきの挨拶を、牙黒が伝える。白九郎とみなづきは、直《じか》に話はできない。

牙黒を通して白九郎とみなづきとの会話となった。

「暑いところ、すまねえな。呼び出したりして」

〈いえ、かまいません。それで、お話ってなんですの？〉

「武田屋さんに、新太郎って名の若旦那がいるかい？」

〈えっ、どうしてそれを……？〉

「ちょっとしたことで知り合ったんだ。話を聞いたら、武田屋の若旦那だっていうだろ、こっちもびっくりした。なんだか、二月《ふたつき》前に家を飛び出し、勘当寸前だって嘆いていたぜ」

〈ええ、そうなんです。変な女に貢《みつ》ぐわ、博奕はするわで旦那様も弱りきってたと、お嬢様から聞きました〉

「そういう若旦那がいるって、どうしておれに話してくれなかったんだろうな」

〈大旦那様が、家の恥だと言ってたらしいです。だからじゃないですか。それと、白九郎さんに話したところで、かかわりがないでしょ〉

「そう言われれば、そうだな」

白九郎は、みなづきの素直な言い方に、呆《あき》れつつも得心をした。

「お美乃さんは、若旦那のことをどう思ってるのかな？」

〈それは、心配をしてますわ。できれば心を入れ替えて、戻ってきてもらいたいと〉

「お美乃さんは、若旦那を捜す気はあるのかい？」

〈それはあります。でも、大旦那様に止められているのです〉

「なんでだい？」

みなづきの話では、あと一月《ひとつき》の猶予《ゆうよ》を与えているという。それまでに、自分から進んで戻らなければ人別帳から外すらしい。なので、こちらから捜すようなことはするなと。

〈どこにいるのです、若旦那様は?〉

「いや、それはこっちが知りてえところなんだ。新太郎さんを捜し出して、武田屋さんに戻してやろうと思ってる。もちろん、性根を入れ替えたうえでだ」

〈そうとなれば、お嬢様も喜びます〉

「新太郎さんを捜すのに、お美乃さんの手を借りてえのだが……」

〈それで、わたしを呼び出したのですか?〉

〈そういうことだ〉

みなづきの問いに、牙黒が直《じか》に答えた。

半分がっかりしたような、みなづきのもの言いであった。

〈ふーん、そうなの〉

〈それで、わたしに何をしろと……?〉

「新太郎さんの着物があるだろ? そいつをもってきてもらいてえんだ」

〈なるべく、洗ってないのがいいな〉

牙黒が、白九郎の言葉を補足する。

〈何をしたいのか、分かった。野犬のみなさんに……〉

「ああ、そうだ。分かったなら、今すぐにも頼みてえ」

借用証文のことは、話すとややこしくなると、ここでは黙っていた。

〈ちょっと待っててください〉

「くれぐれも、お美乃さんの口から大旦那さんに漏れねえようにな」

〈お嬢様も、そのくらいのことは心得ていますでしょう〉

と言い残すと、みなづきは戻っていった。

四

待つこと四半刻。

みなづきのあとに、お美乃がついてくるのが見えた。手に風呂敷包みを抱《かか》えている。

「白九郎さんが、兄さんを捜してくれるんだって？」

挨拶もそこそこ、お美乃から話しかける。

「はい、そうなんです。わたくしが、お兄様を捜して進ぜましょう。そして、真人間にさせて、武田屋さんに戻っていただきます」

「そんなことが、できるの？」

「お美乃さんのために……いや、武田屋さんのためにも拙者が一肌脱ぎましょう。いろいろと、お世話になっているお礼ですから、お気になさらんでくだされ」

「でしたら、お頼みしますわ。必ず、兄さんを真人間にさせてくださいね。約束ですよ。そうしないと、あたし好きな人のところに、お嫁に行けませんから。婿《むこ》をとって、武田屋を継ぐのなんか、まっぴら」

お美乃の本音が、口から飛び出した。

「それでは、頼みましたよ。これが兄さんが好んで着ていた小袖と襦袢《じゅばん》。二枚ずつ入れてあります。たっぷりにおいがついてると思うわ」

風呂敷包みを白九郎に渡すと、お美乃はみなづきを引きつれ、戻っていった。

〈兄い、どうやらあれがお嬢さんの本心みたいでしたね〉

牙黒が気の毒そうな声で話しかけた。

「ああ、そうらしいな」

ここでもお美乃は素っ気なかった。しかも、協力をしてくれたのは、兄新太郎の心配というよりも自分の行く末のためだと知って、白九郎の気持ちはいささか萎《な》えた。

いろいろなものを差し入れてくれたのは、いったいなんだったのだろうとの疑問が湧く。

ともかく、約束をした以上はなんとかせねばならぬ。それが、白九郎の信条でもある。

「さてと牙黒、柳原の土手に行くか」

〈行きますかい〉

牙黒の返事も、いま一つ乗りがない。みなづきが別れ際に投げつけてきた言葉が、頭の中にこびりついていたからだ。

〈――こういうこと以外では、わたしを誘わないでね。迷惑だから〉

お美乃がお美乃なら、みなづきもみなづきだ。なんのために、一所懸命やるのかと叫びたかったが、白九郎も同じ気持ちだろうと思いやり、牙黒は心の内に留《と》めおくことにした。

神田川に架かる和泉橋《いずみばし》と新《あたら》シ橋の中ほどは、土手の斜面が緩《ゆる》やかになっている。土手の中腹に、いくつかの掘っ立て小屋が見える。今にも朽ち果てるかのような粗雑な小屋である。以前はそこに、住む家を失った野宿者が住んでいた。だが、野犬が多く集まり出すと、いつしか人間は追い出される形でいなくなった。

石段を下りると、桟橋《さんばし》があって小舟の停泊所となっている。

人の腰あたりまで生えた雑草が、土手を覆《おお》っている。夏の日差しを浴びた草いきれの熱気で、蒸し暑い。

白九郎と牙黒は、石段の途中で足を止めた。

草に隠れているのか、あたりに犬の姿は見えない。

〈雷電親分はおりますかい？〉

いずこにともなく、牙黒は声を投げた。すると、一匹の鳴く声が白九郎の耳に入った。

〈どなたですかい？〉

と、牙黒の耳には聞こえる。

〈白九郎さんを連れてきたと、伝えてくれねえかい〉

姿を見せぬ相手に、牙黒は話しかけた。

〈牙黒の兄貴ですか？〉

〈ああ、そうだ〉

〈親分は今昼寝をしてるんで、あとで来てくれやせんか。起こすと、機嫌が悪いもんで、すいやせん〉

牙黒が、子分の言葉をそのまま白九郎に伝える。

「それじゃ、あとで来るかい」

子分を困らすことはないと、一旦引き上げることにした。白九郎としては、こんな蒸し暑いところから早く立ち去りたい思いもある。石段を登ろうとしたときであった。

〈この、大馬鹿やろう！〉

大声で吠える雷電の声が耳に入り、白九郎は立ち止まった。

〈兄い、雷電の親分ですぜ〉

〈白九郎さんがせっかく来てるってのに、起こさねえ馬鹿がどこにいる。てめえらには、仁義ってものが分からねえのか〉

子分が雷電に叱《しか》られているのを、牙黒は白九郎に伝えた。

「子分を叱るのは、あとでやってくれと言ってくれ」

掘っ立て小屋の中に、白九郎は案内された。

牙黒の口を通して白九郎と雷電の会話となる。

「こん中は、意外と涼しいな」

〈隙間《すきま》だらけで心地よい風も入るし、日陰だってところもいいでやしょう〉

まずは、世間話からはじまった。

「悪かったな、昼寝のところ……」

〈いや、いいってことです。けえって、子分が失礼なことを言ったようで〉

頬《ほお》の垂れた厳《いか》つい顔を下げて、雷電は本題に入った。

〈子分からおおよその話は聞きやした。なんですか、男を一人、捜してえとか〉

「そうなんだ。ちょっと急いでるんだが、頼めねえかなと」

〈頼めねえかななんて、水くせえ。白九郎さんは、おれたちに『捜せ』って、一言命じてくれりゃあいいんですぜ〉

「そんなことはできるかい。相手が犬だろうが人間だろうが、ものを頼むときには、それなりの礼儀ってのが必要なんだ」

〈ずいぶんと、固《かて》えことを言うんですねえ。もっとも、そこが白九郎さんの仁義の厚いところだ〉

「その捜してえ男ってのは、この間助《す》けただろうお美乃って娘……」

〈みなづきって娘犬の、ご主人さんですかい？〉

「ああ、そうだ。その兄貴なんだけどな」

〈さいですかい……〉

「これが、その若旦那の着物だ」

言って白九郎は、風呂敷包みを広げた。中に、小袖と襦袢が二着ずつ入っている。

〈これをみんなに嗅がして、手分けして捜せば……〉

「どうだ、できそうかい？」

〈それで、おおよそどこに……〉

「おれたちが会ったのは、本所相生町の賭場だ。おそらく、そのあたりに身を寄せているんじゃねえかと思う」

〈相生町ってのは、大川の向こう河岸《がし》ですね。回向院《えこういん》の裏手の……〉

「さすが、よく知ってるな」

〈分かりやした。きょうからさっそく捜しにかかりやしょう〉

言って雷電の顔が、取り巻きの一匹に向いた。

〈おい、みんなを大至急集めろ〉

〈へい、合点でさあ〉

白と黒のぶちの犬が、立ち上がると小屋の外へと出ていく。やがて、犬の遠吠えが白九郎の耳に入った。真っ昼間に、犬の遠吠えを聞くのは珍しい。

〈全員集合って、吠えてますぜ〉

牙黒が言う。すると、遠くの方からも犬の鳴き声が聞こえてくる。

〈今すぐ行きますぜって、返事ですぜ〉

牙黒の話を聞いて、犬ってのはずいぶんと便利な生き物なんだなと、白九郎は思った。

〈ちょっと待っておくんなせい。おっつけみんな来やすから〉

「すまねえな、雷電」

〈白九郎さん。言っとくけど、そうやたら謝ったり礼なんぞ言わねえでおくんなさいな。お役に立つだけで、おれたちは本当にうれしいのですぜ〉

〈雷電親分。白九郎の兄いにそんなことを言ったら、泣き出しますぜ〉

泣き出したいのは、牙黒のほうであった。犬の情と人間の情が、これほど固く結び合ったことはない。

〈それでも、伝えちゃくれねえかい〉

雷電の言葉を、そのまま白九郎に伝える。

「気持ちは分かったから、ありがとうよと言ってくれ」

白九郎の言葉をそのまま伝えたところで、外がにわかに騒がしくなった。

〈おっ、みんな来やがったな。そしたら、ひとっところにみんなを集めろい。草が生えてねえ、空き地があったろ。そこで、いい〉

〈へい〉

と答えて、白黒のぶちが小屋から出ていく。

集まった犬は、およそ三十匹。

〈どうでい、においを覚えたか？〉

〈へい。若いから、齢《よわい》が加わってからの独特なにおいってのはついてないですが……〉

雷電と子分との会話である。

〈そうだいなあ。そんでもがんばって捜してみてくれ〉

〈へい、かしこまりやした〉

〈においを忘れた野郎は、おれのところに着物は置いとくから、いつでも嗅ぎに

来てくれ。それじゃあ、頼んだぜ〉

〈合点でい〉

地べたにおかれた小袖と襦袢のにおいを、順番に嗅いで散っていく。

〈見つけたらここに報《しら》せが来ることになっておりやす。そしたらすぐに、白九郎さんの家に報せやすので、大船に乗ったつもりで昼寝でもしていておくんなさい〉

雷電の話を牙黒から伝えてもらい、白九郎は頭を下げた。互いに無頼漢であるからこそ、礼儀をわきまえる。

牙黒も、新太郎のにおいがついた着物を嗅ぎ、柳原通りへと戻った。

犬が数匹、地べたに鼻をあてながら歩いている。

〈さっそく、とっかかってくれてますねえ〉

「ああ。ありがたいこった」

あとは、新太郎が早く見つかることを願うだけだ。

五

大江戸八百八町は広い。

においだけで捜すのは、さすが犬たちの鼻でも困難を極めた。十日経っても、雷電からの報告はない。

その間も、野犬たちは着物についたにおいを、いく度も嗅いでは捜し、捜しては嗅ぎに神田川の土手を行ったり来たりした。

一月あった勘当の猶予は、残り二十日に迫っている。

「いったい、どこにいやがるんだろうなあ」

白九郎の口調も、だんだんと不安を帯びてきている。

〈きっと、捜し出してきてくれますよ〉

牙黒のもの言いにも、心なしか張りがない。

「ここは、雷電たちを信じる以外にねえな」

当初、白九郎と牙黒は自分たちでも捜しに出たが、炎天下どこをどう歩いても埒《らち》があかない。雷電たちに任せようとの、牙黒の助言もあって、それからは報せを待つことにした。

そして、さらに五日が経った。

じっとして待つのも、つらいものがある。

雷電たちも焦《あせ》っていた。白九郎にでかいことを言った以上、なんとしてでもやり遂げなければならない。

〈すまねえ。まだ皆目……〉

ときどき様子を見に来る牙黒に、雷電はただひたすらに頭を下げるだけであった。

〈雷電親分、そんなに頭を下げないでおくんなさいな。白九郎の兄いも、この暑い中申しわけねえことを頼んだって、再三言ってますから〉

本所一帯から深川は大川の向こう。そして、浅草から下谷、上野にかけても雷電の子分たちは地面を嗅ぎ回った。

〈おい、おめえらこんなところで何をしてるんだい？〉

他犬の縄張《シマ》に入ると、地元の野犬が凄《すご》んでくる。

〈へい、実は……〉

神田一帯を仕切る親分の身内だと素性を明かし、縄張に入り込んだ理由を語る。

〈神田の親分てのは、土佐の頭《かしら》かい?〉

他所《よそ》の野犬は、雷電のことを『土佐の頭』と呼んで、一目も二目も置いている。

〈へえ。今は、雷電て名がついてやすが……〉

見知らぬ土地でも、頼れる仲間がいた。だったら、手伝わせてくれと新太郎捜しに加わった犬は、今では百と一匹。四方八方から神田川の土手を目指して、着物のにおいを嗅ぎに来る。

〈このにおいの男を捜せばいいんですね〉

〈ありがたいこって〉

雷電直々に頭を下げられれば、他所の犬たちもやる気となる。ひとしきりにおいを嗅いで、自分たちの縄張へと戻っていく。

さらに三日が経った。

猶予《ゆうよ》が切れるまで、あと十と二日しかないその日の夜。

普段は深川一帯をうろつく野犬が二匹、小名木川《おなぎがわ》に架かる高橋《たかばし》の袂《たもと》あたりの地面に鼻をつけていた。暮六ツを過ぎて、あたりは夕暮れに包まれている。

〈腹が減ったなあ〉

栗毛の犬が、白毛の犬に声をかけた。

〈そうだなあ。きょうのところはこのぐれえにして、餌《えさ》でも漁《あさ》りに行くとするか〉

新太郎の行方を捜して歩く、犬たちであった。

〈あのめし屋から残飯が出てるぞ〉

一町先の、めし屋から漂うにおいを嗅ぎつける。一際鼻が利く犬たちであった。

提灯の明かりを目指して小名木川の土手沿いを歩く。そのあたりは海辺大工町《うみべだいくちょう》であった。

大川に向かって半町ほども来たところで、二匹がそろって足を止めた。

〈おやっ？〉

二匹が互いに顔を見合わせ、そして地面に鼻をつけた。

においが小名木川の土手を下りる石段につづいている。石段の先は、小舟を舫《もや》う桟橋である。

西空にうっすらと明かりが残る。その残光を受け、桟橋に男の影が浮かんでいる。

〈着物のにおいと、同じ男だ〉

〈あんなところで、何をしてる〉

栗毛が言ったところで、ザブンと男が川に飛び込む音がした。

〈いけねえ、飛び込みやがった〉

それからの二匹は、これでもかとばかり大声で吠えまくった。まだ、人の通りはある。

そこへ、道具箱を担《かつ》いで大工職人が二人通りかかった。尋常でない二匹の犬の鳴き声に、足を止めた。

「どうしたい？」

白毛が石段を下りて職人を誘う。

「おい、人が溺れてるぜ」

それから四半刻後、栗毛の犬が雷電のもとへと駆けつけた。

〈見つかりやしたぜ〉

白九郎のもとに報せが届いたのは、さらに四半刻後であった。

「どこでだい？」

〈兄いは小名木川って知ってますかい？〉

「深川のか？」

〈高橋の近くって言ってます〉

牙黒を通じて話を聞いた白九郎は、刀を腰に差した。

「行くぜ、牙黒」

一目散に深川へと向かった。柳原の堤で、深川の栗毛と合流する。

一里以上ある道を、半刻足らずで海辺大工町へと着いたちょうどそのとき、横《よこ》川入江町《かわいりえちょう》の鐘が、宵五ツを報せに鳴り出した。

近くのめし屋に運び込まれた新太郎は、大した怪我《けが》もなく、白九郎を見て訊ねた。

「あんたとは、どこかで……？」

放心しているのか、新太郎は白九郎を思い出せずにいる。そのとき、牙黒が
「ワン」とひと吠えした。

「あっ、この犬は……」

賭場にいる犬など滅多にない。牙黒を見て、新太郎は思い出したようだ。

「梅島一家の賭場で……あんたが、なんでここに？」

新太郎は事情が呑み込めず、さらに大きく首を傾げた。

「そいつは、これだ」

言って白九郎は、借用証文を見せた。

「おれが、梅島一家から譲り受けたのよ。この五十両を返してもらえねえ限り、あんたの身はこっちのものだ。勝手に死んでもらっちゃ困るぜ」

白九郎が凄んで言う。

「いつまでもここにいたんじゃ、店も迷惑だろ。ちょっと遠いが一緒にきてくれねえかい」

神田連雀町の家に、新太郎を連れて行くことにした。

「とんずらしても、野犬たちに襲われるものと思えよ。あんたのにおいを、犬たちはみんな覚えてるからな」

新太郎に釘《くぎ》を刺してから、白九郎は世話になったと、めし屋の主《あるじ》に二両を手渡した。

「この金で、あの犬たちに何か食わせてやってくれ。それと、助けてくれた職人さんにも、礼だと言って酒と料理をご馳走してやっちゃくれねえかい」

「ようござんすとも」

さっそく、犬たちにはかつお節うどんが振る舞われた。

〈深川の兄弟たちよ、ありがとうな〉

めし屋を出てから、牙黒が地元深川の犬たちに頭を下げた。

〈見つかってよかったですねえ〉

「みんなのおかげだぜ。達者でな」

白九郎の言葉を牙黒が伝える。

〈兄貴は人間と話ができるので？〉

〈まあ、このお人だけとな〉

「この犬たちに助けられたんだ。あんたからも何か言いな」

「すまなかった」

新太郎が二匹の犬に向けて、深々と頭を下げた。その仕草で、気持ちは通じる。

〈いいってこってす。それじゃあっしらは、これで……〉

腹を満たした二匹は、満足げな顔をして踵《きびす》を返した。そして、闇の中へと姿を消していった。

やがて、犬の遠吠えが聞こえてくる。

〈男は見つかったぜ〉

牙黒には、そうに聞こえていた。その遠吠えがやがて大川を渡り、狼煙《のろし》のように大江戸八百八町に広がっていく。

その夜、柳原通りに店を出す夜泣き蕎麦屋はどこも繁盛していた。客はみな野犬たちである。

「――のら犬たちが来たら、これで食わしてやってくれ」

帰りしな、白九郎が屋台の主たちに一両ずつを置いていったのだ。

〈兄いは太っ腹ですねえ〉

「銭金ってのは、こういうところで使うもんだ。この間の蕎麦屋の親爺なんか、かなり喜んでたぜ」

〈なんでです？〉

「ただ食いして逃げようとした奴らがいて、文句を言ったところ、逆に屋台を壊されそうになったんだと。それを、野犬たちが牙をむき出して追っ払ってくれたんだとよ。以前に一両払った蕎麦屋の親爺の話だ」

〈いい具合に、共存してるんすねえ〉

白九郎と牙黒のやり取りを、不思議そうな顔をして新太郎は聞いていた。むろん、白九郎の言っていることしか聞き取れない。

六

連雀町の家で、白九郎と新太郎が向かい合っている。

牙黒は、腹ばいとなって二人のやり取りを聞いていた。

「どうして、川なんかに飛び込んだんだい？」

「そりゃ分かってるでしょうよ」

「金に窮してにっちもさっちも行かなくなったつらさは分かるが、なにも川に……」

「そいつは、金に困ったことがない人の台詞《せりふ》だ。あんたなんかに、あたしの気持ちが分かってたまるかい」

フンと横を向く。

「誰にだって、つらいときはあるぜ。おれも三年前に御家人の家を勘当になった身だ。一文ももたずに、追い出されてな……」

そのとき白九郎は無一文ではなかった。一両という金をもっていたが、それを話すと説得力がなくなる。少し色をつけて言った。

「十日は、何も食わずに過ごしたぜ」

――兄いも話がうめえな。本当は、その一両を元手にして博奕で増やしたはずだぜ。

牙黒は思っていても、口には出さない。

「勘当されたってのは、本当かい？」

「ああ。勘当されると、もうその家とは赤の他人だ。あんたなんかまだいいぜ。武田屋さんは……」

「あたしの素性を知ってるのかい？」

「ああ、よく知ってる。どうしょうもねえ馬鹿息子だってこともな。武田屋の大旦那さんは、今戻ってきたら勘当しないと言っている。その期限は、十日と少しだ。だが、このまま家に戻ったって入れてもらえねえよ。性根を叩き直さねえ限りは」

「あんな家、戻りたくなんかないさ」

新太郎は嘯《うそぶ》く。それが本心でないことは、白九郎にも分かっている。

「だったら、それでいいやな。だが、おれの五十両はどうしてくれる？　この借用証文を梅島一家から譲り受けるのに、おれだって命を賭けたんだぜ。どうしても、五十両って金が欲しくてな」

やくざの手から無頼の浪人に借用証文が渡っただけで、新太郎の借金は消えたわけではない。しかも白九郎は野犬たちを手なずけて、好きなように操ることができる。

――やくざに簀巻《すま》きにされて大川と思ってたが、そうでなく野犬たちに食い殺されることになるのか。

そんな思いが脳裏をよぎり、新太郎は震撼《しんかん》した。

「返せなかったらどうしようってんだい?」

うつむきながら、小声で問う。

「ごちょごちょ言ってたって、聞こえはしねえよ。ものごとは、はっきりとしゃべりやがれ」

白九郎が片膝《かたひざ》を立てて怒鳴《どな》り飛ばした。

「返せなかったら、どうするつもりだい?」

今度は顔を上げて、はっきりと言った。

「まだ勘当になってなきゃ、武田屋に乗り込むまでだ。あと、三日も捜し出せなけりゃ、取り立てに行くつもりだったんだぜ」

「それだけは、よしてくれ……いや、よしてください」

「よしてくださいじゃねえよ。これがまだやくざの手にあったら、とっくに店に乗り込んでいただろうよ。そいつが分かってるんかい」

きつい口調で、新太郎に浴びせかけた。

「小柳町の武田屋という屋号があるからこそ、その場で借用証文が書けたんだぜ。梅島一家は、端《はな》からあんたなんかにではなく、武田屋から金を返してもらうつもりだったのが分からねえのか。だが、乗り込んだところで武田屋は金を出さねえだろうな。新太郎という倅は、赤の他人ですとつっぱねて、知らんぷりだ。それで、あんたはお終《しめ》えよ。帰るところはもうどこにもねえ。もっとも、小名木川に飛び込んで死のうと思ったんだから、それであんたのほうはかまわねえだろうけどな」

長い台詞を一旦おいて、白九郎は息を整えた。

「だが、こっちはそうはいかねえ。あんたが死のうが生きようが、おれは武田屋から五十両……いや、利息の分も含めてふんだくってやるぜ」

白九郎の話を終始うな垂れて聞いていた新太郎が顔を上げた。

「もう、あたしなんかどうなってもいい。好きなようにしてくださいな」

新太郎が開き直った。

「えっ……？」

それじゃ困る。少しきつく言い過ぎたかと、白九郎は口調を穏やかなものにする。

「それを言っちゃお終《しめ》えだろ。武田屋に、戻りてえって気持ちが少しでもあるなら、こっちも考えてやってもいいぜ」

「えっ……？」

今度は、新太郎が考える番となった。

「白九郎さんに、何か考えがあるのですか？」

「いや、そんなものはねえさ。それで、どっちなんだ。本当は、帰る気があるのだろ？」

「ああ、ありますとも。だけど……」

「だけどってなんだい？　はっきりしねえ男だな。そんなんじゃ、武田屋は……」

「どうせ、お美乃が跡を継ぐんだ。婿《むこ》をもらってな……親父が、そう決めている」

「そう決めてるって、どうしてそう思うんだ？」

「甲斐性《かいしょう》のない倅《せがれ》には跡を継がせられないと、はっきり言われた」

「それってのは、いつのことだい？」

「三年くらい前かなあ。真面目《まじめ》にやっているところに、そんなことを言われりゃ誰だってやる気がなくなるでしょうよ。それからというもの、あたしは遊びに走ったってわけです」

どんなつもりで、久米衛門が新太郎に言ったのか、その真意は分からない。だが、その言葉の裏に何かがありそうだ。

――そのあたりをたしかめるのが先だな。

白九郎はそう思った。

翌日、白九郎は武田屋を訪れて、主《あるじ》の久米衛門と会った。

「武田屋さんには、新太郎さんて跡取り息子がいるのですってね」

挨拶もそこそこ、白九郎が訊いた。

「どうして、それを知ってるので？」

「ひょんなことから新太郎さんと知り合いましてね。それが、武田屋さんの跡取りだと知って驚きましたわ」

「跡取りなんかではない。あんな極道息子、勘当しようとしてたところだ」

「そういえば、遊び人を気取ってましたねえ。商人の器《うつわ》でもなし、大旦那さんの言うとおり、駄目な野郎でした」

「あなたさんから、うちの倅を貶《けな》されたくないね」

久米衛門は顔をしかめて言う。

「そいつはすいません。ちょっと言葉が過ぎました。それで、二月《ふたつき》ほど前に家出したとか。新太郎さんに本音を聞いたところ、戻りたいと言ってましたもんで。ですから、あたしが……」

「白九郎さんには、そう言ってましたか。だが、性根を入れ替えんと……」

「性根が入れ替われば、許しますんで？」

「考えてやらんこともない」

「ところで、大旦那さんは三年ほど前、新太郎さんに向けてこんなことを話さなかったですかい？」

白九郎は、新太郎から聞いたことを、そのまま告げた。

「はて、甲斐性のない倅には跡を継がせられないなんて言ったかな？」

記憶がないと、久米衛門は首を傾げた。

「それで新太郎さんの気持ちが折れたのですぜ。そんな大事なことを忘れるなんて……」

「いや、そんなことを言った覚えはない」

本当に忘れているような、久米衛門の口振りであった。

「そいつはおかしいですなあ。新太郎さんは、はっきり聞いたと言ってますぜ」

久米衛門は、しばらく考え込んだ。

「あっ、もしや……」

「何か、思い出しましたかい？」

「……だとしたら、とんだ思い違いだ」

久米衛門が呟《つぶや》くように言う。

「思い違いってのは？」

「三年前、同業である薬屋の主が来て碁《ご》を打っていたときのこと……」

久米衛門から話を聞いて、白九郎はすぐさま連雀町の家へと戻った。

所在なさそうに、新太郎がゴロリと寝ている。その脇に、牙黒が新太郎を見張るように、犬の正座をしている。

「おい、新太郎さん。あんたは大変な思い違いをしていたようだぜ」

部屋に入るなり、白九郎は開口一番に放つ。その声で、新太郎は寝ている体を起こした。

「思い違いって、なんです？」

怪訝《けげん》な顔をして、新太郎は問うた。白九郎からどんな話が飛び出すのかと、牙黒も聞き耳を立てた。

「あんた、直に大旦那さんから話を聞いたわけじゃねえだろ？」

「ええ。でも障子越しにはっきりと聞きました」

「大旦那さんが、独り言でそんなことを言いやしねえよ。あのときは客がいて、碁を打ってたんだとよ」

「……客がいた？」

「どうやらお美乃さんとかかわりのある話だったらしいぜ。大旦那さんが言うにはな……」

将来、お美乃を嫁《とつ》がせたいと、久米衛門は同業の主に申し出た。親戚筋となって互いの業績がよくなることを、久米衛門は望んでいた。しかし、相手の顔色が冴えない。どうかしたのかと、久米衛門は問うた。

「――ありがたい話だが、お断りせねばならん。うちも武田屋さんと同じで、倅一人に娘が一人だ。多少うちの子どものほうが年上だがな。恥ずかしながら、うちの倅はできが悪くて、勘当も考えている」

「それほどまで……」

この薬屋の倅の素行がよくないことは、久米衛門も噂で耳にしたことがある。それでも商売の発展を思い、お美乃を嫁に行かすつもりであった。

「とてもでないが、あんな甲斐性のない倅には跡を継がせられないのだよ。その点、お宅はいい。真面目な息子さんをもって……」

「うちのも同じようなものです」

謙遜《けんそん》を言って、相手の気持ちを少しでも和《やわ》らげようとした。そして、同情する気持ちから、こう言った。

「甲斐性のない倅には跡を継がせられないって、お気持ちですな？」

新太郎が廊下を歩いていて、耳にしたのは久米衛門のこの言葉であった。よく聞いていれば、他人との会話であることが分かる。だが、新太郎は言葉の一部だけをとらえて激しく動揺した。

――親父は、そんなことを考えていたのか。

がっくりと気落ちした耳に、さらに一言加わった。

「それで、娘に婿をとろうと……」

お考えになっているのですか、とまでは聞かずに、新太郎はその場を離れた。

七

白九郎は、久米衛門から聞いてきた話をそのまま伝えた。

〈ずいぶんと、早とちりでしたねえ〉

話を聞いていた牙黒が、白九郎に向けて言った。

「まったく、そそっかしいったらありゃしねえ。大旦那さんの言ってたことに間違いはねえかい？」

「ええ。あたしの思い違いだってことがよく分かりました」

と言いつつも、新太郎は気落ちしたままだ。

「だったら、もっと元気を出したらどうだい」

「でも、もう遅い……」

「遅くはねえよ。あと、十日ばかりある」

「白九郎さんに五十両の借金が残っている。それを取り立てに行かれたら……」

「そんなことはしねえよ。もっとも、金輪際博奕《こんりんざい》なんかに手を出さねえと、約束したらの話だけどな」

「えっ？」

白九郎の柔和なもの言いに、新太郎の訝《いぶか》しげな目が向いた。

「武田屋に戻って真面目な跡継ぎになると言うなら、おれは取り立てには行かねえ。だが、五十両の金は返してもらわねえとな」

「だけど、すぐというわけには……」

「耳をそろえて返せなんて、誰も言ってねえだろ。武田屋の御曹司《おんぞうし》ともなれば、毎月一両ぐれえの金はなんとかなんだろ。それができるようになったら、徐々に返してくれればいいさ。ああ、十日に一割の利息なんていらねえから、安心しな」

「はい。ありがとうございます」

新太郎が深く頭を下げた。

〈兄いも、やりますね〉

白九郎の話だけを聞いていてもやり取りは分かる。牙黒の言葉は、新太郎には「ワン」としか聞こえない。


その日の夕方、新太郎は武田屋へと戻った。

「お父っつぁん、すまなかった」

畳に額《ひたい》を擦りつけて、新太郎は詫《わ》びる。

「よく戻ったな……」

久米衛門から出た言葉はこの一言であった。

「白九郎さんのおかげで……」

心を入れ替えられたと、新太郎は添える。

「だったらあしたから、武田屋の跡取りとして精進《しょうじん》しろ」

「はい、分かりました」

きっぱりと新太郎の返事があったものの、久米衛門の顔は冴えない。

「……残念だったな」

「なんです、残念てのは？　あたしが戻ったのが、いやなのですか」

久米衛門の呟きを、新太郎が詰《なじ》る。

「またまた、早とちりをする。新太郎……」

「早とちりとは？」

「正直言うとな、おまえがあと十日内に戻らなければ勘当して、お美乃に婿をとろうと思っていた。わしが見込んだ男はな、実は白九郎さんなのだ」

「白九郎さんですか。さすがお父っつぁんだ、人を見る目がたしかだ」

「おまえにも、分かるか？」

「あのお人だったら、あたしが戻ってこなくても立派に……」

「それ以上は言うな、新太郎。あのお人のよさを知っただけでも、おまえはたいしたものだ。甲斐性がない倅なんて、誰が言うか」

つづけて、久米衛門は新太郎に言って聞かせた。

「白九郎さんはな、天衣無縫《てんいむほう》なお人だ。武田屋の婿にと申し出ても、二つ返事で来てくれるわけもなかろう。そこで、わしは考えた。お美乃の手に薬だの、料理だのをもたせて、まずは二人を近づけさせようとしたのだ。むろん、わしの差し金であることは黙って、お美乃の一存ってことにした。だが、おまえが戻ってきてくれたおかげで、その必要がなくなった。お美乃は、しかるべきところに嫁に出すことにする。大塚屋《おおつかや》の若旦那なんか、いいと思ってるのだが」

新太郎と梅島一家の賭場で出会わなければ、白九郎と牙黒の運命は大きく変わったかも知れない。

白九郎はそんなことを知るはずもなく、大の字になって寝転んでいた。

〈これで武田屋さんも、万々歳でしょうね〉

牙黒が、寝転んでいる白九郎に話しかけた。

「よく考えたらな牙黒、新太郎さんを帰したのを早まったかもしれねえな」

〈えっ、どういうことです？〉

「新太郎さんが勘当になったら、おれがお美乃さんの婿になって、武田屋の跡を継いだかもしれねえ。だってよ、お美乃さんはおれに惚れているんだろ？」

〈そいつは、どうですかねえ〉

「なんだい、どうですかねえってのは？　お美乃さんから、いろんな心づくしがあったじゃねえか」

〈いや、そいつはどうも……あのときお美乃さんはなんて言ってました。そう、着物を受け取ったときです。みなづきちゃんから聞きましたぜ。『――そうしないと、あたし好きな人のところに、お嫁に行けませんから。婿をとって、武田屋を継ぐのなんか、まっぴら』なんてことを言ってませんでしたか？〉

「たしかに、言ってたな」

〈あれを聞くと、どうも兄いに気があるとは……いろいろな物も、もしかしたら大旦那さんの差し金かもしれませんぜ〉

「そうかもしれねえな。だけど、もういいや牙黒。おれだって、かたっ苦しい商人なんかになりたくもねえし」

　いささか心残りはあるものの、深追いはしないと決めた。

〈よろしいのですかい、兄い。お美乃さんのことはこれっきりで……〉

「それを言うなら、牙黒のほうはどうなんだ？　みなづきとのことは……」

〈未練なんて、とっくの昔からありませんや〉

　牙黒は、ぷいと横を向くとそのまま歩き出した。

〈めしでも食いにいきませんかい？〉

　牙黒が話を逸《そ》らした。

「そうだな。ならば、お倫さんのところにでも行ってみるか」

　白九郎と牙黒は、柳原通りに出ると東に足を向けた。

店の前まで来たものの、暖簾《のれん》や提灯《ちょうちん》は下りていない。

「まだやってねえようだな」

〈おかしいですねえ、あれから二十日近くも経ってるのに……〉

「そうだな。まあ、いいやな」

ほかの店を探そうと、お倫の店をやり過ごし、白九郎が歩きはじめたところであった。

〈兄い……〉

牙黒が白九郎を引き止めた。

「どうした、牙黒？」

見ると、遣戸《やりど》が開くのが見えた。出てきたのは見知らぬ男たち三人であった。二人はやくざ風で、一人は恰幅《かっぷく》のよい商人風の男であった。やくざ風の男たちは、四十絡《がら》みの商人風にやたらとペコペコしている。

話し声が聞こえてくる。

「旦那さん、どうでしたかい？　この店……」

「そうだなあ、少し手入れが必要てところか。なるべくなら、そのまま……」

どうやら父娘はここには戻っていないようだ。白九郎がさかんに首を捻《ひね》っている。

〈兄い、何を言ってるんです？　あの人たち……〉

「どうやらここに、お倫さんたちはいねえみてえだぞ」

〈なんでです？〉

「なんでかは、あそこにいる人たちに訊いてみねえとな。だが、どうも胡散臭《うさんくさ》い奴らだ」

店の権利書は、お倫の手に戻っているはずだ。だが、やくざ者が懐《ふところ》から取り出したのは、お倫がもっていたのと同じものであった。

「……同じものが二枚あるのか？」

そんなわけがないと、白九郎は首を振る。

「旦那さん。ここでしたら筋違御門《すじかいごもん》も近いし、人の通りが多いですからね。東に向かえば、両国界隈《かいわい》だ。こんな一等地で空いてる店なんて、どこにもないですぜ」

「今なら、格安で渡せるんですがねえ」

やくざ風が交互に言う。

「安いのは分かるが、それだけ曰《いわ》くつきってことじゃないかね」

「そんなこたあ、ありやせんや。まあ、曰くっていやあ親父の借金が祟《たた》って手放した物件ですがね。それを、娘が博奕で取り返そうとしたが返り討ちに遭《あ》った。その負けの担保物件ってことでさあ」

聞いていて白九郎は、頭の中が混乱した。とっくに店は再開しているのだと思ったものが、またも人手に渡っている。

「……博奕の形《かた》って言ってたな」

呟くような小声で、牙黒に話しかけた。

〈てえことは、お倫さんはまた博奕に手を出したってことですかいな〉

「さあ、そのへんの経緯《いきさつ》はお倫さんに聞いてみねえと分からねえ」

〈お倫さん、いったいどこにいるんでしょうね？〉

「あいつらだったら、分かるかもしれねえ」

と言って、白九郎の顔が牙黒に向く。

「あのやくざ風の男たちのあとを尾《つ》けようじゃねえか。どこの一家の者だか分かれば、おそらくお倫さんはそこの賭場にいるだろ」

〈壺振りとしてですかい？〉

「多分な……」

男たちが動き出した。商人風と別れたやくざ風の男たちは、筋違御門の方に向けて歩き出した。白九郎と牙黒が、戻る形となって十間離れて追う。

筋違御門の向かいに稲荷《いなり》神社がある。男たちは、その角を曲がった。そこから二町ばかり行ったところに、武田屋がある。

男たちを尾けているので、武田屋の前をそのまま通り過ぎようとした。

「あら、白九郎さん……」

店から出てきたのは、お美乃であった。みなづきもいる。

〈牙黒さんも、何をしてるのでしょう？　真っ直《まっす》ぐ前を見据え、脇目も振らずに歩いていきますね〉

「まあ、どうでもいいわあんな人たち。早く行きましょ、みなづき……」

お美乃たちは、逆の方向に歩きはじめた。

「白九郎さん……」

と言って呼び止めたのは、武田屋に戻ったばかりの新太郎であった。

「あっ、ああ……」

今の白九郎の頭の中に、武田屋はない。やくざ風の男たちを追っているのだ。

そうとは知らず、新太郎は白九郎に話しかけた。

「おかげさまで、親父の勘気《かんき》も解けました。これもみな……どうかしたのですか？」

白九郎が上の空で聞いている。様子が変だと、新太郎は問うた。

「ちょっと取り込んでいてな、話はあとでいいかい？」

「ええ、まあ……」

すまねえと謝り、白九郎が視線を先に戻したが男たちの姿はない。牙黒もいない。

白九郎は見失った。

第四章　大勝負に出るぜ

一

武田屋から一町行った、神田三嶋町《みしまちょう》の辻まで来て、白九郎は四方を見渡した。

すると、左方向から牙黒が駆けてくる。

〈兄い、あいつらの行き先をつきとめましたぜ〉

「さすが、牙黒だな。どこに行ったたい？」

〈ついてきてくださいな〉

「……もしかしたら？」

牙黒が白九郎を連れて行ったのは、辻から二町ほど先の永井町《ながいちょう》にある博徒の本拠であった。

神田一帯を縄張とする『竹井一家《たけい》』の宿《ヤサ》の前で、牙黒は足を止めた。

「やっぱり、竹井一家か」

竹井一家ならば白九郎も知っている。ここの賭場には、二度ほど足を運んだことがある。

油障子に、竹をかたどる代紋と竹井の文字が書かれている。

「ごめんよ……」

障子戸を開けて、白九郎は中に声を通した。

「誰でい？」

奥から出てきたのは、若い三下であった。初めて見る顔である。白九郎はやくざではないので、仁義は切らない。

「こちらさんでは、賭場を開いちゃおりやせんで？」

若い浪人風の男と脇に座る犬を見て、三下が首を傾げている。そこへ、若い衆が一人奥から出てきて、三下に声をかけた。

「どうしたんで？」

「捨吉《すてきち》の兄貴、変な野郎が来やして……」

「変な野郎だと？」

言って捨吉と呼ばれた男は、白九郎に目を向けた。

「あんたは、以前……？」

白九郎も捨吉の顔に見覚えがあった。

「ええ、前にこれで遊ばせてもらったもんです」

白九郎は、賽壺を振る真似をした。

「もしや、あんたさんは白九郎って名のお方じゃありやせんか？」

名までは知ってないはずだ。

「なんで、知っておりやすんで？」

白九郎は訊いた。

「そちらにいる犬を見て、そう思いやした。浅草の山神一家の親分と、うちの親分は兄弟分でしてね。奉行所の手入れを既《すんで》のところで免れたと、その犬のことが話題になってやしたぜ」

牙黒のことがそこまで知れ渡っているのかと、白九郎は鼻を高くする思いであった。

「賭場だったら、あした開帳されやさあ」

捨吉はあっさりと、開帳の日時を教えてくれた。

「場所は変わってないかな？」

「いや、前とは違っておりやす。賭ける額もでかくなって、おのずと客の顔ぶれが、前とはまったく違いまさあ」

「ほう、そうかい。だったら行ってみてえな」

捨吉の話に、白九郎は興味を示す。

「駒札一枚で一両ですぜ。失礼ながら……」

浪人風情が出入りできる賭場ではないと、捨吉の顔に書いてある。

「金なら、あるぜ」

といっても、家にあるのは十五両ほどである。いっとき賭場で増やしたが屋台の蕎麦屋や、海辺大工町のめし屋で大盤振る舞いして、目減りをしていた。

「まあいいから教えない」

「戸田右京之助《とだうきょうのすけ》という旗本屋敷でありまさあ」

細かく場所を訊き、屋敷に入る手はずを教えてもらって、白九郎は竹井一家をあとにした。おそらく、その賭場でお倫は壺を振っているのだろう。

〈あのあと、何があったんでしょうねえ？〉

「分からねえから、あした鉄火場に行くんだ。それと、勝負がでかい賭場なんで

「牙黒、頼むぜ」

白九郎の気持ちは、早くも博奕に向いている。

〈任せといておくんなせい〉


翌日の夕刻。

少し早い夕めしを済ませてから、白九郎と牙黒は竹井一家の賭場となっている旗本屋敷へと向かった。

神田川に架かる昌平橋からさらに川沿いを西に行くと、町屋の喧騒《けんそう》は途絶えて閑静《かんせい》な武家地となる。千代田城からも近く、広大な敷地をもつ大名の上屋敷も多いところだ。

白九郎は、対岸に見える湯島聖堂《ゆしませいどう》を背にして路地を入る。神田川の堤から一町ほど入ったところで、足を止めた。

「このあたりだな、牙黒……」

〈先だっての、旗本の屋敷みたいですねえ〉

以前懲《こ》らしめた旗本が住む屋敷に構えが似ている。門構えからして、二千石取りの拝領《はいりょう》屋敷に見えた。むろん表札は出ていない。

塀伝いに、白九郎は屋敷の裏門に回った。門の脇に人が通れるほどの、切り戸がある。すると、商人風の男が中に入っていくのが見えた。

「ここだな……」

切り戸を拳《こぶし》で三回ほど叩いた。すると、中から中間《ちゅうげん》らしき男が顔を出して言った。

「どちらさんで？」

「竹の字の者だ」

教えられた符牒《ふちょう》を言えば、賭場に入ることができる。動く金が大きいだけに、誰もが入れるという賭場ではない。それほど警戒が厳重であった。

「あっ、犬を連れているということは……」

白九郎のことは、話が通っているらしい。牙黒と共にすんなりと通してくれた。

およそ七百坪ある敷地には、母屋のほかに家来が住む長屋塀や厩《うまや》、そして作事小屋などの離れが建っている。

旗本屋敷の離れ家を借りての、竹井一家の賭場であった。

賭場の雰囲気はどこも同じである。白布を敷き詰めた盆床を囲んで客が座る。

正面の中央に壺振り。その左右には賭場を仕切る中盆と助盆が座を占める。そのうしろには子分衆が控えている。

仕切りのない隣部屋は帳場となっており、貸元が控えて金と駒札の交換の管理をしている。

三十人は座れる、大きな賭場であった。早めに来たので、客はまだまばらである。

白九郎はもってきた十五両の有り金全部を駒札に替え、壺振りの向かい側に座を取った。

客が集まってきた。客層は、捨吉が言っていたとおりたしかに違う。職人や遊び人らしき者は一人もいない。

開帳のときを迎えた。

〈兄い……〉

壺振りが奥から出てくる前に、すでに牙黒は気づいていた。

「……やっぱり、お倫さんか？」

〈そうみてえで……〉

小声で話すところで、お倫が現れた。白九郎の顔を見て、お倫は一瞬顔を強張《こわば》らせたが、すぐに表情を元へと戻した。

「本日、壺振りを務めますのは……」

中盆がお倫の紹介をした。

客はみな押し出しのよい者たちばかりである。大店《おおだな》の主《あるじ》や、お歴々といってもいい武士ばかりだ。駒札一枚が一両という、おそろしく高額な賭場だが、駒札との交換は、みな十両単位であった。

十五両ぽっちの手持ちでは、白九郎もいささか気おくれがする。

白九郎の隣に一際《ひときわ》立派な武士が座った。三十代半ばで、いかにも身分が高そうだ。膝元《ひざもと》に積まれた駒札をみると、百枚はあろうか。

「……すげえな。百両も替えてら」

「上限はありやせんので、好きなだけ張っておくんなせい」

そんなこんなの取り決めを聞き、勝負がはじまった。

牙黒の尻尾どおりに張って、白九郎は五回の勝負ですでに五十両分の駒札を手にしていた。

〈……兄い、ちょっと儲けすぎですぜ〉

それからの勝負は、しばらく白九郎の勘で賭けることにした。どんどんと、駒が目減りしていく。それでも、白九郎に損はない。儲けが十両になったところで、白九郎は隣に座る武士を見た。気づくと百枚あった駒札が、あと五枚しかない。武士はその五枚を半方に賭けて、そして手持ちがなくなった。

身形《みなり》の立派な武士は、立ち上がると隣の帳場へ向かった。

親分直々に賭場を仕切っている。寺箱を前にして座る貸元、竹井一家の親分に近づいて言った。

「すまぬ、竹五郎《たけごろう》。あと百両ほど都合つけてくれぬか?」

「お殿様、すでに二千両を貸し付けてありやすんですぜ。この間も申しましたが、まずは、それの半分でも返していただくのが先かと」

竹五郎と呼ばれた、五十歳を幾らか前にした小太りの親分は、垂れたほっぺたを震わして言った。

〈雷電と顔が似てますね〉

「そう言われれば、そうだな」

一勝負が終わり、ざわめく喧騒に紛《まぎ》れて小声で話す。白九郎のところからも、隣の様子がよく見えた。立派な武士が、土佐犬の顔に似た貸元に盛んに頭を下げている。金の無心をしていると、白九郎には容易に想像がつく。すると、襖《ふすま》が開いてこれも金糸《きんし》銀糸《ぎんし》の派手な衣装に身を包んだ武士が姿を現した。

〈ここの主《あるじ》みたいですね〉

牙黒は、以前に大身《たいしん》の旗本を二人懲らしめている。恰好からして、この屋敷の主と予想がついた。

「次の勝負、入ります。壺……」

場が静寂となって、お倫が壺を振る。牙黒は伏せられた賽子の出目を嗅ぎ取り、尻尾を右に振った。白九郎は半方に十両を賭けて、儲けが二十両となった。ここでやめれば、寺銭二割をさっ引かれても十六両の儲けとなる。この賭場では、そのくらいの儲けは可愛いものである。百両、二百両と儲けている客はざらで、逆にもち金全部を失っている者もかなりいる。借用証文を書き、貸元から金を借りる姿も見られた。

白九郎はこの賭場で博奕をやりたかったこともあるが、本来の目的はお倫がいるかどうかをたしかめに来たのである。しかし、お倫とこの場で話をすることはできそうもない。翌日にでも、竹井一家に顔を出し、お倫との接触を試みようと白九郎は考えた。

「さてと、牙黒帰ろうか」

〈さいでございますねえ。儲けも出ましたし〉

「ああ、ころよいところだ」

さあ帰るぜと言って、白九郎は席を立つと駒札を替えに貸元のもとへ向かった。

二

帳場では先ほどの三人、貸元の親分と立派な武士、それとこの屋敷の主らしき男が話をつづけている。うしろについた白九郎に、話し声が聞こえてきた。

「松井《まつい》様には、二百両お貸しして進ぜましょう。それで、ご存分に遊んでいってくださいまし」

「かたじけない、戸田殿。この借りは必ず……」

「いや、返すのはいつでもよろしいですよ。どうぞ、ご案じなく……」

戸田と聞いて、白九郎は捨吉が言っていた名を思い出した。

「……やはりこれが戸田右京之助か」

うしろから聞いていて、気前のいい男だと白九郎は思った。

松井と呼ばれた武士は、二百両分の駒札を手籠《てかご》に入れて鉄火場へと戻っていった。

　白九郎は換金のため、帳場で竹五郎と向かい合った。雷電の顔を思い出し、噴き出しそうになったが、そこは堪《こら》える。

〈間近で見ると、さらに似てますねえ〉

　クゥーンと鳴き声を発し、牙黒は言う。何を言っても、相手には通じない。

「笑うんじゃねえ、牙黒」

　思わず、白九郎は声に出して言った。

「客人、誰にものを言ってるんで？」

「いやすまねえ、独り言だ。これを替えてくれませんかい」

　元金の十五両分からは寺銭は引かれない。儲けた客から寺銭を抜き取る賭場であった。白九郎に十六両の儲けが出た。

「山神の兄弟から、白九郎さんと牙黒のことは聞いておりやすぜ。あさってでも開帳いたしやすんで、また来ておくんなさい」

　ここでまた、雷電の顔が思い起こされて、牙黒がワンワンとけたたましく笑った。

「ほう、おれが言ったことを喜んでやがんだな」

「牙黒、帰るぞ」

牙黒をたしなめるように、白九郎は声をかけた。

「それじゃ、あさってまた遊ばせていただきやす」

「ああ、待ってやすから遊びにいらしてくだせい」

竹五郎の言葉につられ、取り巻く子分たちの頭が一斉に下がった。

「ああいう賭場なら、思い切って儲けられるな」

数千両が一晩で動く賭場である。十両、二十両の儲けなら貸元は機嫌よく送り出してくれる。白九郎は、しばらくはこの賭場に通おうと思った。


翌日の昼ごろ。

白九郎は牙黒と共に竹井一家を訪ねた。なんとかしてお倫に会って事情を聞きたかった。

心証をよくするため、白九郎は途中でもち菓子の土産を買って竹井一家の前に立った。障子戸を開けて声を奥に投げる。

「ごめんくださいな……」

すると、奥から出てきたのは運よく捨吉であった。

「おう、白九郎さんじゃねえですかい。なんでまた、今ごろ……？」

「これはきのう賭場で儲けさせてもらった礼だ。みんなして食ってくださいな」

土産の包みを捨吉に渡す。さらに捨吉の機嫌がよくなったようだ。

「儲けやしたんですね。よかったじゃねえですかい」

「ところでちょっと訊きたいのだが、賭場で壺振りを務めたお倫さんは、こちらにいますかい？」

にこやかに笑っていた捨吉の表情がにわかに曇った。

「お倫てか？　ちょっと待ってな……」

言うと捨吉は奥へと入っていった。どうやら自分の一存で、答えられるものではないらしい。

〈お倫さんいますかねえ〉

「いたとしても、お倫さんと会うのは難儀なようだな」

〈どうして兄いはそう思います？〉

「表情を変えていちいちうかがいなど立てに、奥へと引っ込むことなどしねえだろ」

そんなことを話しているところで、廊下を伝わる足音が聞こえてきた。

「白九郎さんがお倫になんの用でございやす?……」

一尺高い板間に立つのは、きのう中盆を務めていた竹井一家の幹部である。白九郎のことは竹五郎親分から聞いているようだ。口調は白九郎を立てている。

「ちょっと、お倫さんと会いたいのだが……」

「お倫とは、知り合いで?」

「きのう賭場で見て驚いたの驚かないの。拙者も越後の出でして、幼いころからお倫さんとは知り合いでしたからな。なんでここにいるのかと思ったが、賭場では口にできんでしょう。それで、きょううかがった次第で……」

たいしてうまい言いわけではないと、脇で聞いていた牙黒は思った。

「そうでやしたかい。だが、生憎《あいにく》とここにはいねえんで」

意外とすんなり幹部は答えた。

「それでは、どちらに……?」

「白九郎さんだから、特別にお教えしまさあ。きのうの旗本屋敷です。行っても会えねえでしょうけど」

「会えねえってのは?」

「あっしが言えるのはそれだけで。それじゃあ」

と言ったきり、幹部は奥へと引っ込んでいった。

居場所が分かればそれでいい。

「まともに行っても、お倫さんと会うのは難しいだろうな」

〈ずいぶんとまた、わけありみてえですねえ〉

旗本に牙黒はよい印象をもっていない。みな、悪い奴だと決めつけている。

〈それにしても、兄いはどうしてお倫さんのことで躍起になるんですかい？〉

「どうしてだかなあ……」

〈もしかしたら、惚れてるんじゃありませんかね〉

「十歳以上も上だぞ。おれは年増に興味はねえ」

〈さいですかい。そうですよねえ、兄いにはお美乃ってお人が……〉

「余計なことは言うな。牙黒こそ、あんな女が飼い主ならばいいと思ってんだろ」

〈そんなことは、ありませんや〉

牙黒は顔を赤くする代わりに、前足で土をかいた。

「実はな、牙黒。お倫さんのこともあるけど、きのう見た松井とかいう立派な武士のことも気になってんだ」

〈また、おせっかいですかい？〉

「いや、そうじゃねえ。お倫さんのな、その松井という男を見る目がどうもおかしく思えたんだ」

〈おかしいってのは……？〉

「あの男、一勝負で駒札を二十両以上は張ってただろう。賭けるたびに、お倫さんはわずかに顔をしかめるんだな。普通、壺振りってのは客がいくら張ろうが表情が変わらねえもんだ」

〈なるほど。兄いは、二人はかかわりがあると思ってるんですね？〉

「なんとも分からねえが、お倫さんに会えばいろいろ知れると思ってな」

しかし、すんなりと運びそうにない。白九郎と牙黒は一旦、連雀町の家に戻ることにした。日中で、一番暑い刻限である。昼寝をしたあと、ゆっくり策を練ろうということになった。


夕方になると、いく分涼しくなる。

夏の盛りも過ぎ、夕方にはカナカナと蜩《ひぐらし》の鳴く声が聞こえる季節となっていた。

白九郎と牙黒は、戸田右京之助の屋敷を半周して、牙黒が侵入しやすい場所を探した。塀が一段低くなったところを見つけて、そこから牙黒は屋敷内へ入った。あたりに家来の姿はない。ここでも長屋塀の中から、酒盛りの声が聞こえてくる。旗本の家来というのは、よほど暇なのだと牙黒は思った。

牙黒は、お倫と一晩添い寝をした仲だ。においはよく覚えている。昨夜の離れ家の戸口から、お倫のにおいを辿った。

地べたから外廊下伝いに、においはつづいている。途中から母屋の廊下に入ったので、牙黒は匍匐《ほふく》で廊下を進んだ。

しばらく行くと、お倫のにおいは部屋の中へと入っていく。

〈……この部屋か〉

中を探ろうと聞き耳を立てた。ほかに人はいなさそうである。

「ワンワン」

と、牙黒は小さく鳴き声を上げた。

「犬がいるのかい？」

部屋の中から、お倫の声が聞こえてきた。ゆっくりと襖《ふすま》が開く。

「おや、おまえは！」

お倫の驚く顔が牙黒に向いた。

「白九郎さんのところの……」

気づいてくれて、ありがたかった。

「おや、首に何かあるね。これは……」

お倫は、牙黒の首につけてあった手紙を開いた。

「話があるので、外に出られないかって書いてあるよ。おや、おまえに言っても分からないよね」

牙黒にも、その内容は分かっている。しかし、そのことをお倫には伝えられない。お倫の返事も聞くことはできない。

「おいで」

よく人間が犬に向けて言う言葉だ。仕草からもそのくらいは、牙黒には理解できる。部屋に入ると、

「待て」

と言われた。牙黒は犬の正座をした。

「お手」

そこまで言われると、馬鹿にするなと言いたくなる。「ワン」とひと吠えして、片方の前足をお倫の手の上にのせた。

「お利口だねえ。あんたと白九郎さんは、話ができるってのに……」

言いながら、お倫は何やら書いている。

「これを白九郎さんに……」

牙黒は塀から外に出ると、咥《くわ》えてきたお倫の手紙を白九郎に渡した。

「ここから出られない。暮六ツ過ぎにきておくれ。裏木戸の閂《かんぬき》をあけておく。あたしも会いたいって、書いてあるな」

声を出して、白九郎は読んだ。

〈もしや兄いに気があるのでは……〉

「そうかなあ……でも、かなり年上だぜ」

〈人を好きになるのに、年もへったくれもねえでしょう〉

「きいた風なことを、ぬかすじゃねえかい」

まんざらではなさそうに、牙黒には聞こえた。

三

暮六ツが過ぎたころ、難なく白九郎と牙黒はお倫が留めおかれている部屋へと入った。

「誰も来ませんので？」

「こんなでかい家だってのに、母屋には五人ほどしか住んでないのさ。いったいどのくらい部屋があるか知ってるかい？　二十や三十じゃきかないんだよ。ここでは大声で話したって、誰にも聞こえはしないよ。ただ、事情があって、外には出られないんだ」

白九郎はさっそく用件に入った。

「せっかく店の権利書を取り返してやったのに、どうして……？」

白九郎が、一番訊きたかったことである。

「あれから二、三日して店を再開したさ。白九郎さんは知らなかったのかい？」

「ええ、まあ……」

武田屋の新太郎のことで頭の中は一杯となっていて、お倫のことはすっかり消えていた。

「それでね、七日ほど前のことだったかしら……」

お倫が、この間の経緯を話しはじめた。


七日前の宵五ツの鐘が鳴ったころ。客も来ないのでそろそろ暖簾《のれん》を下ろそうと、お倫が遣戸を開けたとき、立派な身形《みなり》の武士が入ってきた。ただ、顔が憔悴《しょうすい》しきっている。場違いともいえる来客に戸惑いながらも、お倫は店の中に招き入れた。

「――すまぬな。腹が減っているので、何か所望できぬか？」

「……………」

お倫は黙って武士を見つめた。

「いかがしたのだ？　余は腹を空かしておるのだぞ。早《はよ》うせぬか」

「余とは……もしや？」

お倫はなおも武士を見つめた。

「お殿様……もしや、お殿様では？」

「なんだお殿様って……？　余はお殿様でなんか……」

「なくはございません。お殿様は、越後は三万石長島藩主の松井長門守喜秀《ながとのかみよしひで》様。左様でございますね？」

「町人娘が何を申すか。余……いや、拙者はそんなものではない」

尋常でないうろたえ様であった。

「お殿様がどうしてここに……？」

相手の言うことを気にとめることなく、お倫が訊ねる。

「何かあったのか、お倫？」

お倫の父親六平が板場から出てきた。

「お父っつぁん……」

お倫が小声でわけを話す。

「なんだと……お倫、早く暖簾をしまって提灯《ちょうちん》の明かりを落とせ。遣戸には、つっかえ棒も忘れるな」

お倫は、手際よく六平の言うとおりにした。

「お父っつぁん、お殿様はお腹《なか》を空かしてるの。何か作ってあげて」

お殿様と呼ばれても、長門守は口を閉じたままであった。その苦渋《くじゅう》の顔は何かを思いつめているようであった。

「お殿様、なにかおつらいことが……もしや？」

お倫には思い当たる節があった。お倫たち一家が江戸に来る二年ほど前、はや七年が経とうか。

女賭博師として、お倫は若くて別嬪《べっぴん》でもあり、あちこちから引っ張りだこであった。

越後は中央に位置する長島城下の町でのこと。お倫は、およそ二月《ふたつき》を当地で過ごした。長島の城下を縄張とする博徒『大島田《おおしまだ》一家』が仕切る賭場の壺振りとして、お倫はその腕を振るっていた。

ある夜のこと。賭場に頭巾《ずきん》をかぶった武士が現れた。中ほどに座って頭巾を取った。

ぞろぞろと、うしろに控えるのは貸元以下、大島田一家の者たちであった。

「これが丁半博奕というものか？　どんなものか、見せてくれ」

「はっ」

と、一言返したきり大島田の貸元源五郎《げんごろう》は畏《かしこ》まっている。

それが藩主松井長門守喜秀であることを、お倫はあとで知らされた。

お忍びで、民の道楽である博奕というものを見てみたい。できうれば、藩の財政に役に立てればとの思いを込めてのことであった。

「――よきものであれば、藩内で公認し開帳を許す」

大島田一家に話が持ち込まれ、藩主独りでの賭場入りだった。

二、三度勝負を見やってから、長門守は口を開いた。

「余……いや、わしにも張らせてはくれぬか？」

博奕というのは見ているだけではつまらない。

ようござんすと、源五郎は駒札五両分を差し出した。むろん、金は取らない。

「丁とか半とか言って、どちらかに置けばよいのだな？」

駒札を握り締め、長門守は訊く。

「おなごが壺を振るのか。きれいな娘じゃのう」

お倫に顔を向けた。

殿様を負けさせることはできない。手目《いかさま》を仕掛けろとの合図が源五郎から出た。

「丁とはなんだったかな？」

脇につく源五郎に、長門守は問うた。

「割り切れるのが丁で……」

「よし分かった、丁……いや、半だ。いや、やはり丁！」

二転三転して、殿様の賭け目が決まった。そのつど、お倫は壺の中で賽子《さいころ》をひっくり返す。

三度ほどの勝負にすべて勝ち、長門守は四十両の金を手にして賭場をあとにした。

それがいけなかった。博奕で勝った悦楽が脳髄に深く埋め込まれたのだ。


お倫は、藩主長門守が初めて博奕に手を出したときの壺を振った。

「そのとき、勝ったのがいけなかったのです。それからというもの、とんでもない博奕好きになってしまったようです」

「なるほど、そいつは大変だ。経緯が分かる気がしてきたぞ」

お倫の話を聞いていて、白九郎はうなずきながら相槌《あいづち》を打った。

「それから、およそ七年後の再会でした。ようやくお殿様もあたしのことに気がついたようで……」

再びお倫の話は、長門守が店を訪れたときに戻る。

「――あっ、そなたはあのときの」

ようやく長門守が、お倫に気づいた。

「もしやお殿様は、これに手を染めているのではございませんか？」

壺を振る所作をまじえ、単刀直入にお倫は訊ねる。すると、長門守の肩がガクリと落ちた。図星であることが知れる。

「お待ちどおで……」

六平がうどんに天ぷらをのせたものを運んできた。

「お殿様のお口に合うかどうか……」

よほど腹を空かせていたのか、長門守は瞬《またた》く間にうどんを平らげた。

「もう一杯……」

と、お代わりを所望する。うどんを二杯平らげて、人心地がついたようだ。

「たしか、お倫と申したな。余は思い出したぞ、あのとき壺を振っていた姿をな。相変わらず美しい……そうだ、こんなところで再会したのも縁、余を助けてくれぬか？」

「助けるとは、何をでございます？」

六平もお倫の脇に座っている。

「これは、誰にも言ってはおらぬことだが……」

このとき長門守にとって、お倫が世の中で一番頼もしく思えたのであろう。お倫と六平を前にして、頭を下げた。

国元ならお忍びで藩主が賭場に出入りしても、藩の重鎮たちは黙認していた。だが、江戸で賭場に行き、大目付《おおめつけ》に知れたら、どんな咎《とが》めがあるか知れない。長門守は重臣からきつく止められていた。

長門守が、その賭場を知ったのは二月《ふたつき》ほど前のことであった。

月次《つきなみ》登城で千代田城は本丸柳の間の詰所で将軍の謁見《えっけん》を待っていたときのこと。大名たちの世話係である表坊主と、ある藩主の話が小耳に入った。

「――戸田右京之助様というお旗本がおりまして……」

あとで、その表坊主を呼んで、長門守は詳しく話を聞きだした。

「はい。内密でございますが、この賭場は若年寄様も黙認しておりますそうで……いいえ、手前にはそのわけは分かりませんが、とにかくそんなことでして」

戸田右京之助の賭場に、長門守がお忍びで出入りしはじめたのは、それから間もなくのことであった。

当初は身分を明かさずの手慰《てなぐさ》みであった。しかし、負けが込んでくれば、熱くなるのが博奕というものである。殿様自《みずか》らで賄《まかな》える額を超えたあたりから、長門守は大名としての自覚を失った。

とうとう貸元に頼るようになる。自制が利かず、身分を明かしてまで無心をするようになった。相手が大名と知れれば、貸すほうも天井知らずである。

ほどなく長門守が貸元から借りた額は、二千両に達した。

その日も百両の負けが込み、追い銭を借りようとしたとき、それまで見せていた貸元竹五郎の柔和な顔つきがにわかに変わった。

「とりあえず、半分の千両を返していただきやせんと……」

家臣に博奕で二千両もの借財を拵《こしら》えたとは言えない。長門守は戸田の屋敷を出たあと、ふらつく足取りで藩邸を目指した。和泉橋で神田川を渡り、二町ほど行ったところに長島藩の上屋敷はあった。失意で帰る途中に空腹を感じ、お倫の店の前に立った。

お倫と父親の六平は、殿様のために一肌脱ごうと決めた。

ただ、何をどのようにしていいのか手立てが分からない。千両の工面など父娘にできるはずがなかった。

「相手の懐《ふところ》に飛び込む以外にはないな」

六平は翌日、さっそくお倫と共に竹井一家を訪れた。元壺振り師の素性を明かし、竹五郎に申し入れた。

「ほう、娘さんを壺振りにねえ。えれえ別嬪だな」

女壺振りは、客受けがする。竹五郎に異存はなかった。

「そこで親分さん。これで、百両作っていただけやせんかね」

六平の言葉も渡世人口調に変わっている。店の権利書を竹五郎の前においた。

「とんでもねえ。こんなちっぽけな店で百両も出す馬鹿がどこにいる。二十両だって断るぜ」

「そこをなんとか、親分さん……」

科《しな》を作って、お倫が頼み込む。

「あたしが壺を振ったら、百両や二百両なんてすぐに作ってみせます」

言ってお倫は、手にもつ包みから賽子と賽壺を取り出すと、いきなり竹五郎の前で振った。

「四六の丁！」

賽壺を開ける前に、出目を読んだ。それを三回ほど繰り返した。

「よし、腕のほうは分かった。百両出そうじゃねえか。ただし、条件がある」

「条件とは……？」

「お倫さんは、こちらで預かる。こっちといっても、戸田様の屋敷だがな。なーに、変なことはしねえから安心しな。それと、二月がところ働いてもらえば、帰すってことでどうだ？」

二十両で店を買い取り、八十両でお倫を質に取るという。

「たまにでいいんだが、こっちの言うとおりに賽の目を出してくれねえかい」

そんな条件がついてくるのは分かっている。やくざの賭場ならば、どこでもあることだ。

「ようござんしょ」

お倫は大きくうなずいてみせた。

四

白九郎は黙ってお倫の話を聞いている。

お倫の言うことは牙黒に通じない。話はあとで白九郎から聞こうと、所在なさげに腹ばいとなっていた。

「その百両でね、殿様を勝たせて千両作ろうと思ったのさ。それが、とんだ裏目に出てね、浅はかだった」

「裏目にだって……？」

白九郎の言葉に、牙黒の耳がピクンと動いた。

「それが、きのうのことさ。お殿様とは逆目に出せと合図があったのさ。あたしは、お殿様の張り目に合わせようと仕組むつもりだったのに、とんだお笑い種《ぐさ》になっちまったよ」

苦笑《にがわら》いを浮かべ、お倫はさらにつづける。

「そんなんで、せっかく作った百両はもっていかれ、お殿様は戸田様からさらに二百両を借り……」

そのことは、目の前で起きたことだから白九郎も知っている。

「その二百両だって……あたしが竹井一家に加担したんじゃ、どうしょうもないわさ。あれから四回の勝負で……」

「なくしちまったのかい？」

「ということさ。だけどね、考えてみるとなんだか変なんだよ」

首を傾げながら、お倫は言った。

「変だってのは……？」

「どうやら旗本と貸元に魂胆《こんたん》が……」

お倫が話す最中で、廊下伝いに足音が近づいてきた。

「あっ、いけない……」

お倫は白九郎と牙黒を隣の部屋へ移した。襖《ふすま》が閉まり、真っ暗となったと同時に、襖の向こうからお倫の声が聞こえてきた。

「なんですか？　お二人そろって、こんな夜分に……」

男たちを警戒するような、お倫の声音《こわね》であった。

「何もせぬから、安心しろお倫」

「おめえは大事な体なんでな、手出しはしねえと言ってるじゃねえか」

二人の声に、白九郎は聞き覚えがあった。

――賭場にいた二人。

一人は戸田右京之助。そしてもう一人は、貸元竹五郎であった。

「お倫、あしたもあの馬鹿殿が来るから、一つ頼むぞ」

戸田の声であった。

「頼むって、何をでしょうか？」

「決まってるだろ、賽の目だ」

言ったのは竹五郎である。

「あしたは五百両貸し付ける。それを全部、巻き上げるんだ」

「利息を含め、これまでのを合わせれば三千両だ。こいつを……」

「これ、竹五郎、それ以上のことは言うな」

「へい、すいやせん」

竹五郎のつづきの言葉を知りたかったが、話はここまでであった。

「お倫。うめえことやってくれたら、あしたの賭場が終わったところで、ここから帰してやらあ。店の権利書も一緒だ。あの店はまだ誰にも売れてねえんだ」

はいと返事をしたら、ますます殿様を窮地に追いやる。いやと言ったらどんな目に遭うか分からない。

――お倫さん、とりあえず『はい』と言っとけ。

隣にいる白九郎は、声を掛けようにもそれはできない。固唾《かたず》を呑んでお倫の返事を待った。

「そんな卑怯《ひきょう》な真似《まね》はできません……」

「なんだと!」

竹五郎がいきり立つ。

「話は最後まで聞いてくださいな、親分。卑怯な真似はできないと言って、いやと答えたらどうなります?」

「そりゃ早え話、ここからは生きちゃ出られねえだろうよ」

「これ、竹五郎。そんな物騒なことを言って脅すでない」

「へい、すいやせん」

「まあ、殺すことはせんから安心しろ。ここで、わしの子どもを五人ばかり産んでくれればそれでよい。ただし、この屋敷からは二度と出られることはあるまいがの」

殺されるほうがまだましだと、お倫は思った。そのとき、ふと隣の部屋にいる白九郎と牙黒が脳裏をよぎった。一人と一匹では頼りない思いもしたが、あとは野となれの覚悟で返事をする。

「ようござんしょ。あしたも引き受けます」

「よし、よく言ってくれた。頼むぞ、お倫」

二人は立ち上がると部屋をあとにした。少し間をおいてから、白九郎は襖を開けた。

「お倫さんは、あいつのいる部屋を知ってるかい？」

「迷子になるほどの広い屋敷。うろちょろなんかできやしないし、あたしに訊かれても、どこだか分からないよ」

「ならば、いいんだ。牙黒、行くぞ」

〈へい、合点だ〉

白九郎と牙黒は、廊下へと足を踏み出した。

牙黒が二人のにおいを嗅ぎながら進む。そのあとを白九郎がつづいた。広大な母屋に住むのはたったの五人。少々音を立てても、気づかれはしない。

「旗本屋敷は泥棒が入りやすいと誰かが言ってた。だが、金めのものがある部屋を探すのが大変だとも……」

〈たしかに、そうですねえ〉

あたりに人の気配はまったくないから、普通に話ができる。

〈ちょっと、待ってくださいよ。近づいてきましたぜ。あの部屋ですぜ〉

ここからは小声である。白九郎はうなずくと、目指す部屋の二間手前の部屋の襖を開けた。いったん部屋に忍んで、部屋から部屋へ移って隣の部屋から中をうかがおうという算段である。

気づかれることなく、白九郎と牙黒は隣の部屋に入ることができた。

「お倫も承知してくれたし、これで一気に長島藩を……」

話し声がよく聞こえてくる。白九郎は息を殺して、襖に耳をあてた。牙黒はどうせ言葉が分からないと、座敷の真ん中で寝そべることにした。

「それで若年寄様の覚えがめでたく、お殿様は晴れて小普請《こぶしん》奉行にお取り立てになるってことでござんすね」

「ああ、そうだ。職なしである小普請組から脱却でき、今度はそれらを束ねることができるのだから、それこそ冥利《みょうり》に尽きるというもの。これで万々歳よ」

「そのために、長島藩と三千両を手土産として……」

「おいおい、それ以上は言うな」

隣の部屋に白九郎と牙黒がいるとも知らず、二人の高笑いとなった。

「藩主の素行不良を取り上げ、改易《かいえき》に追い込む。幕府のやることは、えげつないものよのう」

「えげつないと申されますが、この絵を描いたのは戸田のお殿様でしょうに。よく、幕府のことを悪く言えますな」

「そう申すな、竹五郎。わしだって出世はしたいさ。これが最初で最後の絶好の機会である。絶対に、ぬかるのではないぞ」

長門守が作った三千両の借財は、若年寄への賂《まいない》として使われる。すべてを吸い取ってから、長島藩を潰《つぶ》そうとする謀略であった。

「博奕なんぞに手を出す藩主が悪いのだ。潰すのに、なんの遠慮があるものか」

たしかにそうだと、白九郎も思う。領民が汗水垂らしてこしらえた藩の財産を、丁半博奕に使うなど言語道断である。誰が聞いてもいただけない。

――松井家が取り潰しに遭うのは藩主の自業自得だ。どこに、助けてやる義理があろうか。

そんな思いがどんどん膨《ふく》らみ、白九郎は牙黒に引き上げようと目線で合図を送る。

〈……どうしたんだい、兄い？〉

白九郎の様子がにわかに変わり、牙黒は怪訝《けげん》に思った。

部屋伝いに移動してから廊下に出て、しばらく行ったところで白九郎は誰もいない部屋へと入った。

「ここなら、牙黒とも話ができる」

真っ暗な部屋で、白九郎は牙黒に二人の企《たくら》みを語った。

「そんなんでな、おれは手を引こうと思う。お倫さんだって、あしたの盆を務めれば、晴れてお役ごめんになるんだ。店も元に戻るし、それでいいんじゃねえかな」

〈あっしは反対をしませんぜ。だけど……〉

「だけど、なんだい？　言ってみな」

〈やり方がちょっとばかり、汚すぎやしませんかねえ。お倫さんを脅して、手目《いかさま》を仕掛けるなんて、極道の風上にもおけませんや。どうも、あっしはそのへんが我慢できませんで〉

「そうは言うけどな、殿様だっていけねえぞ。手目なんてのは、やくざの常套《じょうとう》手段だ。二千両ももっていかれて、そんなのに気づかねえほど頭に血が上っちまっている。さらに、借金を重ねやがる。いくら陰謀だとしても、まんまと乗せられる馬鹿な殿様のために、なんでこっちが危ない目を見なくちゃいけねえんだ？」

　聞けば聞くほど、馬鹿な殿様である。白九郎の言うことは、牙黒にも納得できた。ただ、なんとなく引っかかるものがある。その答えが分からぬまま、白九郎と牙黒は、お倫のいる部屋へと戻った。

五

「松井家を潰す謀略だって……？」

端整なお倫の顔が驚きで歪《ゆが》む。

「借財を三千両にして、弁済を藩に突きつける。返す刀で、藩の財産を博奕に溶かしちまった咎《とが》で大名廃絶って筋書きだ」

「どうやって、松井の殿様を助けるのだい？」

「いや、助けるつもりなんてありませんや。おれたちは、これで帰りますから。お倫さんはあした、貸元の言うとおりにやって、家に帰ったほうがいい」

「えっ……？」

白九郎の意外な返事に、お倫の顔はさらに歪んだ。

「どうして、そんなつれないことを……？」

戸惑うお倫に、白九郎は思っていることを告げた。

「ここはお倫さん、あの殿様に尻を拭《ふ》かせたほうがいいんじゃねえですかい。自分がしでかした不始末を、自分で片がつけられねえような殿様じゃ、領民のためにもいねえほうがいい。それにだ、殿様はなんで家老だとかお偉い家臣に相談しねえ？　誰にも黙っててくれなんてのは、虫のいい話だぜ」

「白九郎さんの言ってることは、まったくもってそのとおりだよ。でもねえ……」

憂《うれ》いを帯びる仕草で、お倫は下を向いた。

「よしんば、松井の殿様を助けるにしても、お倫さんとおれで何ができるんだい？」

そのとき牙黒が「ワン」とひと吠えした。

〈あっしにも言わせてもらえませんでしょうかねえ〉

「牙黒が何か言いてえようで……」

「ほんとかい。聞きたいねえ、牙黒の話」

「だけど、お倫さんにはワンワンとしか、聞こえませんぜ」

「白九郎さんを通して聞けばいいさ」

〈兄いの言うことは、もっともだと思いますわ。だけど、これはあっしの勘なんですがね、お倫さんが戸田という旗本の言うことを聞いたとしても、すんなりと

帰してもらえますかねえ〉

「どうして、お倫さんは帰してもらえないんだい？」

「えっ、あたしはここから出られないってことかい？」

「牙黒が、そう言ってるんで」

〈あっしは、旗本と貸元が言ってることは分かりませんが、兄いから話を聞いてこいつは臭《くさ》いと思いましたね。ときどき旗本の口から『お倫』と出てきましたが、そのときの声音がなんだか含みがあるようで、妙に生あったかい〉

「牙黒は、そんなところまで分かるのか？」

自分でも気づかないことを指摘され、白九郎は一つ唸《うな》り声を入れた。

「なんと言ったので？」

お倫が訊くので、牙黒の言葉をそのまま伝えた。

「まあ、そんなことを……」

〈あっしは、人間の言葉は兄い以外は分からねえけど、よからぬことを考えているときの、人の言葉ってのはどこか違うもんで。さんざっぱら人間から虐待されてきたので、おのずと分かるようになったのかもしれませんね〉

「となると話は違ってくるな、牙黒」

〈そうでやんしょ。お殿様のことは、自分で蒔《ま》いた種ですから同情の余地はありませんや。ですが、巻き込まれたお倫さんは救ってやらなくちゃいけませんよね。そのために、ここに来たんでしょうから〉

「まったくその通りだ」

白九郎は、牙黒の言ったことをお倫に伝える。

「あたしを救ってくれるってかい？」

「ああ、そうだ。どっちに転んでも、お倫さんは戸田の手がけとなって、子どもを五人産まなくてはならなくなる」

「絶対にいやだよ、そんなこと」

言ってから、お倫の顔色がにわかに変わった。

「ねえ、なんとかお殿様を助けておくれでないかね」

すがるようにして白九郎に嘆願する。これまでにない、お倫の姿であった。

「後生のお願いだよ……」

涙まで流すお倫を、白九郎は怪訝《けげん》に思った。お倫がまだ心に秘めている、何かがあると感じたからだ。

「聞いてくれるかい？」

お倫は話す気になったようだ。

「何か隠していることがあるんですね？」

白九郎の問いに、お倫は大きくうなずく。牙黒にも分かるような仕草であった。

「あたしゃ、初めてお殿様を城下で見たときから、惚れちまったんだよ」

お倫の切り出しに、白九郎は仰天する。

「なんですって、お殿様に惚れてたんですかい？」

いちいち口にするのは牙黒にも伝えるためだ。

〈お美乃さんにつれなくされ、お倫さんからも振られましたねえ〉

気の毒そうに、牙黒が返す。

「そんなことは、どうだっていいや」

「どうだっていいってことはないでしょ」

「いえ、これは牙黒と話してることで」

危うく話がもつれそうになった。

「あたしが壺振りで、お殿様はお客。藩主と知ったときは驚いたよ。でも、偉いところはおくびにも出さず、庶民である職人や商人たちとも親しくしていた。そんなところに、女はぐっとくるものなんですよ」

「庶民と親しくしているお殿様に、ぐっときたんだってよ」

　白九郎が牙黒に告げた。

〈あとで、まとめて聞かせてくれりゃあいいですぜ〉

「ですが、あたしは渡世人。城下に長くいられるわけもなし、それから一度もお会いすることなく、この間……」

「やつれた姿で、再会したってんですね」

「そう。お殿様は、あたしが壺振りだってことを覚えていた」

「それは、さっき聞いたな。おれが不思議に思ったのは、せっかく取り戻した店をなんでまた手放す気になったかだ」

「あたしはお殿様のことを、ずっと忘れられなかった。再会したお殿様は博奕でどうしようもなくなっていて、あたしを頼った。そんなお殿様だから、なんとかしたいと思ったのさ。博奕打ちだってのに、あと先を考えずにね。それで……」

　話をつづけるかどうか、お倫は躊躇《ためら》った。少し間をおき、話し出す。

「お殿様はね、この借財がきれいになったらきっぱりと博奕から足を洗い、藩政に力を注ぐって言ったんだよ。それで……」

「それで、なんですかい？」

　白九郎が先を促す。

「お殿様はね、ずっと余のそばにいて、博奕に手を出すようなことがあったら、思い切り叱《しか》ってくれと言ったんだよ」

「それってのは？」

「ああ、側室になってくれってことさ」

「側室にですかい？」

「あたしは首を振ったんだけど、お父っつぁんが聞いててね……」

「家を抵当にしてまで、百両つくったっていうんだな」

〈兄い……ここまで聞いたら、なんとかしないと〉

　牙黒が口を挟んだ。

「そうだよなあ」

〈お殿様のことはともかく、お倫さんを助けないと〉

「いや、殿様も助けなくてはならなくなったぞ」

〈殿様を助けるって、どうやって？　竹井一家から二千両の証文を取り返し、戸田には二百両を返さなくてはならないのですぜ〉

あしたの賭場で、お倫は長門守の賭けた目と反対の目を出さなければならない。

どうやって、二人を救うか。

屋敷に忍び込んでから、すでに一刻《いっとき》が経っている。宵五ツを報せる鐘の音が聞こえてきた。

これといった策が出ないまま、戸田の屋敷を出た白九郎と牙黒は、月の明かりを頼りに連雀町の我が家へ戻った。

お倫のために、白九郎と牙黒の眠れぬ夜となった。

六

畳の上で寝そべりながら、白九郎と牙黒は策を練り合う。

〈兄い、いま手もちはいくらあります？〉

「そうだなあ、二十五両ってところかなあ」

〈てことは、三回の勝負で二百両になりますね〉

殿様と逆の目に張れば勝つ。二十五両が五十両になり、五十両が百両になって、三回目の勝負で二百両になる。それでも、殿様の負けが減るわけではない。

「殿様が、どういう賭け方をするかだな」

長門守の元手は、戸田から借りる五百両。それを、どのように賭けるか。五十両ずつ細かく賭けるか、さもなければ一度に五百両。一勝負の賭け金に上限のない賭場である。

〈あっしは、いちどきに五百両だと思いますがね〉

〈牙黒も、そう思うか。お倫さんが手目《いかさま》を仕込んでいるなんて知らないし、ちまちま張ってたら、いつまで経っても二千両にならんものな〉

〈兄い、五百両手に入らねえですかね？〉

「同じ額を、逆目に張るんだな」

〈そうすりゃ一勝負で千両になりやすぜ〉

「一千両じゃ、足りねえな。三倍に増やさねえと」

〈策はありますぜ……〉

牙黒が、小声で白九郎に策を授ける。

「なるほど。だが、種銭《たま》となる五百両をどこで作るかだ」

このとき白九郎の頭の中に、長門守の青白い顔が浮かんでいた。

翌日、白九郎と牙黒は朝から動いた。

五百両の工面《くめん》は、やはり長島藩に出させるのが筋だと決めて、白九郎は長門守に会うことにした。しかし、相手は大名である。御家人やくざが訪ねても、すんなり会ってくれるかどうか。牙黒はこんなふうに言った。

〈――庶民とも親しくしてたんでしょう。だったらすんなり会ってくれるんじゃねえですか。もし門前払いをくらわせて、邪険《じゃけん》にするようでしたら、それだけの殿様。お倫さんに言った博奕から足を洗うだの、側室にするだのなんて話は口から出任せだったたってえことになりませんか〉

和泉橋を渡り、二町行った先に越後長島藩の上屋敷がある。

向唐破風《むこうからはふ》の屋根がのった正門に、門番が二人立っていた。白九郎は、門番の一人にいきなり言った。

「ご藩主様である長門守様にお目通りしたい」

黒の紋付単衣《もんつきひとえ》の浪人風に、犬が一匹という妙な取り合わせに、訝《いぶか》りながらも門番は威丈高《いたけだか》であった。

「なんだ、そのほうは？」

「大事な話がありまして……」

「お殿様は、これから登城なされるところだ」

門番が言っているそばで、重厚な正門がギギーッと音を立てて開いた。

「うしろに下がれ」

門番が怒鳴った。

白九郎と牙黒が引き下がると、槍《やり》もちを先頭に行列を組んで出てきた。

行列の中ほどに、黒塗惣網代棒黒塗《くろぬりそうあじろぼうくろぬり》の大名駕籠《かご》が見える。黒塗棒を前後四人ずつ、八人の陸尺《ろくしゃく》が担いでいた。

「あれに乗っているな」

白九郎が言うや、大名駕籠を目指して飛び出した。牙黒も後につづく。

「無礼者、控えよ」

警護の侍が怒声で押し返す。白九郎はあっという間に家臣に取り囲まれた。

「狼藉者《ろうぜきもの》だ、ひっ捕らえろ」

大名駕籠までは、まだ五間もある。

「松井のお殿様に、お目通りを……」

白九郎の声は届かない。そのとき、牙黒が家臣団の足元を潜《くぐ》り抜け、駕籠へと近づいた。ワンワンと、駕籠に向かって吠え立てる。

「早く犬を追っ払え」

長門守の乗った駕籠の周りは騒然となった。

「おや、あの犬……？」

無双窓《むそうまど》から外を見やった長門守は、見覚えのある犬に首を傾げた。

「なにゆえ、ここに……おや？」

家臣たちともみあっている男を見て、長門守は近臣を呼んだ。

「あの者を、近《ちこ》うに」

「よろしいので？　狼藉者でございまするぞ」

「わけもなく、あのような所業はせぬものだ。わけを聞くから早《はよ》う」

やがて、家臣に腕をつかまれて駕籠の前に白九郎は座らされた。

「急ぐので、端的に話せ」

長門守に促され、白九郎は短く要点だけを言った。

「お倫さんのことでお話が。お目通りを……」

無双窓に向けて、白九郎は小声であった。

「あい分かった。八ツ半に藩邸に来られよ。名はなんと申す？」

「はっ、白九郎と申しまする」

勘当されているので、苗字は名乗れない。

「よし分かった。待っておるぞ」

意外ともの分かりのよい殿様だと、白九郎は思った。

「その者を離して、出立《しゅったつ》せい」

近臣に命じて、隊列を整える。何ごともなかったかのように、千代田城へ向かって行く。

〈話がすんなりでしたね〉

「博奕さえやらなければ、きっと名君なんだろう。こいつはどうしても、救いたくなったたな」

「さいでやすねえ……」

八ツ半が待ち遠しかった。

陽《ひ》がいく分西に傾く八ツ時分から、白九郎と牙黒は長島藩上屋敷の近くにいた。あと半刻《はんとき》待たないといけない。が、少しでも早くと、長門守が屋敷に戻った時点で訪ねることにした。

それから四半刻ほどして、一行が戻ってきた。白九郎と牙黒の目の前を通り、屋敷へと入っていく。最後尾が屋敷の中に消えて、門が閉ざされた。

白九郎が門番に近寄り、声をかけた。

「そこもとは……少し、お待ちくだされ」

明らかに門番の態度が今朝とは違う。白九郎を待たせて、門番は中に入っていくと、やがて側近であろうか若い侍を連れてきた。

「白九郎殿でござるか。こちらへ……」

「牙黒も、よろしいか？」

「その犬のことか。犬は、困るな」

「困るとは、なぜでござる？」

牙黒はワンワンと吠え立てた。

「お殿様がどうなってもいいのかって、この犬は言ってますぜ」

「おぬし、犬と話ができるのか？」

にわかには信じられないといった、側近の顔であった。

「牙黒。あの松の木に、小便を引っかけて来い」

〈へい……〉

と、白九郎の言うことを聞く。

「お殿様は、あの犬と会いたがっておられます」

側近がうなずき、牙黒も屋敷の中へと入ることができた。

「まあ、かわいい犬だこと……足を拭きましょうね」

腰元が四足をきれいにして、廊下に肉球の跡が残らないようにする。

客間に通され、しばらく待つことになった。

やがて、近習《きんじゅ》もつかず一人で長門守がやってきた。

「なるべく、小声で頼むぞ」

周囲の部屋には、警護の家臣が控えているのだろう。顔を寄せて、白九郎に話す。

「今夜の博奕のことであろう。お倫はなんと申しておる？」

「その前に、戸田という旗本が企てた陰謀が分かりました」

「陰謀だと……？」

「はい。ご当家お取り潰しの陰謀です。お殿様が作った三千両の借財をそっくり若年寄に贈り、出世を目論《もくろ》む。その一方で、お殿様の素行不良を理由にお家を断絶させる。二千両を、すぐにも竹井一家に返しませんと、お家は大変なことになりましょうぞ」

話を聞いた長門守は、がっくりと肩を落とした。

「そんな金はすぐには作れん。家老たちも知らぬことだからのう」

「それがいけないのでございます。もう猶予はありません。重臣の方々がご存じないのなら、正直にお話しになってくださいませ。ご決断を！」

白九郎は長門守に迫った。

「余が愚かであった……」

「わたしに手立てがあります。そのために、五百両がいま必要です」

「家老に訊いてみないと……」

「ならば、ご家老様をこの場に……」

お招きくださいと、白九郎は片膝を乗り出した。長門守は渋面《じゅうめん》のまま、言葉がない。

「何を躊躇《ためら》っておられます。ことは急ぎますぞ」

「ワンワン」

と、牙黒もあとを押す。

「あい分かった。二千両で当家を潰すわけにはまいらん」

長門守は側近を呼び、蔵之助《くらのすけ》をこれへと申しつけた。

やがて、五十歳に近い男がやってきた。

「殿、お呼びで……して、この者たちは？」

浪人一人でも訝《いぶか》しいのに、犬までいる。不可解とでもいう表情で家老は訊ねた。

「この者たちは、白九郎とその飼い犬の牙黒と申してな。余を、いや長島藩を助けに来てくれた者たちじゃ」

家老の名は、大岩《おおいわ》蔵之助といった。

「助けにきてくれたですと？」

「怒るでないぞ」

「まだ、何も聞いておりませんので、怒りようもございません」

「ふーむ」

長門守はここに至ってまだ躊躇っていた。

「お殿様。ここはご家老様にはっきりと申しませんとお取り潰しに……」

「なんだと、今お取り潰しと言ったか？」

大岩の甲高《かんだか》い声が、白九郎に向けられた。

「さようで……」

「余から話すから、よい」

白九郎の言葉を遮り、長門守は話しはじめた。

「実はのう、蔵之助。まことに相すまぬことになった……このとおりだ」

長門守は家老に向かって、深く頭を下げた。

七

「なんですと？　殿はそんなところに出入りしておられたと」

江戸家老大岩の驚きは尋常でなかった。

「……夜な夜な出かけて、どこに行かれたかと思えば博奕場に」

深い嘆きが、大岩の口から漏れる。

「お気持ちをほぐすために、殿がお忍びで外に出られていたのは知っておりました。ご気分が癒されればと、黙認していたものがまさか……」

大岩が言葉を詰まらせる。

「負けが二千両を超してしまった。はぁー」

長門守はそう言って、ため息を漏らした。白九郎はそんな二人の間に割って入って、話を先に進めた。

「借財と賭場の出入りを理由にして松井家の改易の企てが、旗本のもとで練られているのですぞ」

「当家の改易だと？」

大岩の眉間《みけん》に、数本の縦皺《たてじわ》が刻まれた。

白九郎は、戸田右京之助たちの陰謀を話して聞かせた。

「その目論見《もくろみ》を潰すのは、今夜以外にありません。お殿様がこしらえた借財二千両あまり、耳をそろえて返せばそれまでのことと思われます。やくざというのは、博奕の金は博奕で返せば文句は言いません。逆に、二千両の借金を作らせてやろうかと思っております」

言ったところで、牙黒が白九郎の裾《すそ》を嚙んだ。

「なんだってんだ？」

〈兄い、そんな話はぜんぜんしてませんぜ。大口を叩いていいんですかい？〉

「いいんだ。ちょっと黙っていな」

白九郎は長門守と江戸家老に手はずを語った。

「よし分かった」

江戸家老大岩蔵之助の同意は得た。

これからが、白九郎の本当の勝負であった。

「手前にも五百両、用立てていただけませんか?」

これが目当てで、上屋敷を訪れたのである。

「おぬしに五百両だと! そうか、肚《はら》のうちが読めた」

白九郎の申し出に、大岩はいきりたった。

「そんな金は渡せるはずがなかろう。どうせ、手にしたあと姿を消すのであろう。胡散臭《うさんくさ》いと思ったが、やはりカネ目当てであったか。殿、言いなりになってはなりませんぞ」

言って片膝を立てると、大岩は大声を張り上げる。

「出合えい……」

周囲の襖《ふすま》がガラリと音を立てて開いた。

「ちょっと待て」

止めたのは、長門守であった。

「みなの者、控えておれ」

殿様の言うことは絶対である。再び襖が閉まった。

「殿、この者を信用なされるので？」

「いや、すべては信用してはおらぬ。だが、借財があるのは紛《まぎ》れもない事実だ。わが藩にとって二千両は痛手だ。できれば一銭も返したくない。だが、そうも言ってはおれん。そこに白九郎殿が話をもってきてくれた。いずれにせよこのままではわが藩は立ち行かなくなる。ならば、余は白九郎殿に賭けることにした」

「殿は心《しん》から賭け事がお好きなんでございますね」

「いや、本当は好きではないのだ。だが、博奕というのは怖いものでな、一度甘い蜜《みつ》を覚えてしまうと、抜けられなくなる、それが依存というものよ。勝っても地獄、負けても地獄とはまさにこのことだ」

　渋る家老を長門守が説き伏せる。

「手立ては、白九郎殿が考えているそうだ。五百両くらいならまだあるだろ、それを使わせてやれ」

『――やれ』とは、命令である。

「かしこまりました。殿がそこまで仰《おお》せになるなら、この大岩蔵之助も覚悟を決め申した。身共も、この白九郎殿に賭けさせていただきまする」

　それからしばらくして、白九郎と牙黒は上屋敷をあとにした。

戸田の屋敷にある賭場が開くまであと半刻ほどであろうか。

帰り道の話である。

〈兄い、相手に二千両の借金を作らせるとなると、その背中にある五百両を四千両に増やさなくてはならないのですぜ〉

白九郎が思いついた手立ては、長門守と大岩に訊かれたものの、そこだけは黙していた。牙黒もまだ聞いてはいない。

〈どうやって、増やすんですかい？〉

すると、白九郎は立ち止まって顔を牙黒に向けた。ちょうど、神田川に架かる和泉橋の中ほどあたりであった。

欄干《らんかん》を背に白九郎は腰をかがめて、牙黒と向き合う。

「まずは、五百両を二千両にする」

牙黒は首を傾げたものの、白九郎は構わずに話をつづける。

「そしたらな、その二千両を一対一《サシ》で勝負するのよ」

〈相手が乗ってきますかね？〉

「そこがこの策の要《かなめ》だ。ついては牙黒に頼みてえことがある……」

牙黒の耳に口を近づけ、白九郎は小声で言った。

〈分かりましたぜ〉

和泉橋を渡りきり、柳原通りを白九郎は右に、牙黒は左に道を取った。


それから四半刻ほどして、牙黒は白九郎が待つ連雀町の家へ戻ってきた。

〈手はずはつきましたぜ〉

「そうかい、ご苦労だったな。まだ、ちょっと早いな。隣で蕎麦《そば》かうどんでも食って行くか」

そうしましょうと、牙黒もうなずき隣の蕎麦屋に足を運んだ。

〈うまく行ったら、柳原の通りに出ている屋台をすべて今夜は貸し切る。そう言ったら、大喜びしてましたぜ〉

「これで、思い切って乗り込めるぜ。なんせ相手は幕府の若年寄に通じる旗本だからな、軽く見ちゃあいけねえ」

白九郎はかけ蕎麦。牙黒はいつものとおり、うどんにかつお節をたっぷり振りかけて食い、腹を満たした。

「そろそろ、行くか……」

よっこいしょと声を出し、白九郎は五百両の小判が詰められた小ぶりの葛籠《つづら》を背負った。

白九郎と牙黒は一番乗りだった。

盆床の用意はできており、客が集まればすぐにでもはじめられる状態であった。お倫はまだ来ていない。その向かいが、長門守が座る席である。座蒲団《ざぶとん》の色がいく分違って見えた。白九郎は、その左隣に席を取って座った。そこからならば襖《ふすま》の外された隣の帳場がよく見える。

「お客人、きょうは早いお越しでやんすねえ」

白九郎に声をかけたのは、賭場を仕切る中盆であった。竹井一家の幹部で、若衆頭《しら》を務める辰吉《たつきち》という名の男であった。

「それはなんですかい？」

白九郎の脇に置かれた箱に目を向けて言った。

「これかい……見たいかい？」

「ええ、そりゃあ」

「おれの、全財産だ」

言って白九郎は、葛籠を開けた。小判がびっしりと詰まっている。

「こっ、これは……」

「博奕の種銭だ。きょうは、大勝負に来たぜ。お隣の人も、でかい勝負をするみてえだからな、おれも乗ることにした。こんな賭場は滅多にお目にかかれねえからな」

「そうでしたかい。でしたら、せいぜいお稼ぎなさいやし」

と言う辰吉の目には、含む笑いがあった。その金も、すべてこちらのもんだといわんばかりの表情であった。

徐々に客が集まり出し、座は中ほどから埋まっていく。

八

お倫が登場するのと、長門守が席につくのがほぼ同時であった。

長門守の前に、持参した葛籠が置いてある。

「駒札に替えるのは面倒だ。ここに五百両ある。これを一勝負に賭けたい」

中盆の口上を待たずに、長門守が言った。

「一勝負に五百両だって……？」

客たちの間に、ざわめきが起こる。

「そんなでかい勝負、受ける相手がいないだろう」

囁《ささや》きも聞こえてくる。

「その五百両の勝負、おれが受けて立つ」

白九郎は葛籠を自分の前において、おもむろに蓋《ふた》をあけた。

「ここに五百両ある。このお方と、一対一《サシ》の勝負を願いたい」

かねてより決めていた台詞《せりふ》を言う。

このやり取りに、怪訝《けげん》な顔をしたのは、帳場に座る貸元竹五郎であった。

「すぐに、戸田の殿様をここに」

子分に言いつける。さしてときもかからず、戸田が賭場へと顔を出した。

「何かあったか?」

「それが、戸田のお殿様が貸そうとした五百両を、松井様が自《みずか》ら用意してきたと言うんで」

「ならばそれでいいではないか。どっちにしろ、こちらのものになるのだからな」

「いや、それからもう一つありやして……」

「まだ何かあるのか？」

竹五郎は白九郎を指さしながら、戸田に言う。

「あの黒い羽二重を着た男がやはり五百両をもって、松井様に一対一《サシ》の勝負を挑んできたのでさあ」

「なんだと？　あんな男がよく五百両なんぞ……」

「いえ、あの男はなかなかの博奕打ちでありやして、度胸のよさはけっこう知れ渡っておりまさあ。おとといも来てやして、そのとき松井の殿様が五百両張るってことを知ったのでございやしょう」

「ほう、なかなか骨のある奴だな。して、その隣にいる犬は……？」

「あの犬は、奉行所の手入れを察知し……」

賭場の窮地を救った犬だと答えた。

「そんなんで、同席を許してやってるんでさあ」

「面白い。あの男のもち金を千両にさせて、あとでそいつもいただいてしまえ」

「へい、それがよろしいでしょうねえ」

二人がほくそ笑むのが、白九郎の席からも見えた。

中盆の辰吉に、親分の意向が伝わる。

「親分が一対一《サシ》の勝負をさせてやれってか。よし、分かった」

中盆はうなずき、そして場の喧騒を静めた。

「お客人方に申し上げやす。これからそこに座るお二方の、五百両を賭けた一対一《サシ》の勝負が申し出されておりますが、この場を使わせていただいてよろしゅうございますか？」

「五百両の勝負はそれとして、こっちが張ることはかまわんだろう。わしらもその勝負に乗せてくれ。なあ、みなさん……」

大店《おおだな》の主《あるじ》らしき男が、声を上げた。

賭場を見物に来ているのではない。賭けるために来ているのだと、客の意見がそろう。

「分かりやした。ならば、張ってくださいやし」

客の意向を、中盆は受け入れた。

「それでは、勝負に入ります。壺……」

中盆のかけ声で、お倫が壺を振った。場は一瞬静寂となる。

賽子の転がる音が止《や》み、中盆が客を促す。

「さあ、張った……」

「丁だ！」

「半だ！」

　いつもとはまるで違った様相となった。白九郎と長門守の勝負につられて、みな賭け金がでかくなった。ほとんどの客が手もちをすべて賭けている。

　白布の盆床が、客の張った駒札で埋めつくされた。

「そちらさんは、丁目に五十両ですね……こちらさんは、半目に七十両」

　竹井一家の子分衆が総出で、駒札の整理をする。そうしないと、誰がどちらにいくら張ったかが分からない。

　五百両の入った葛籠が二つ、中ほどに並んでいる。

　牙黒の尻尾は左を向いていた。白九郎はすかさず葛籠を縦にした。この賭場で丁目は駒札を縦にして置くのが慣わしであった。

「丁！」

　白九郎の声がかかり、座がざわめく。

　一呼吸《ひといき》遅れて、長門守が葛籠を横にして置いた。

「半」

　気持ちの整理がついたか、長門守の落ち着いた声であった。

五百両の勝負とは別に駒札でも丁半がそろい、それぞれに四百両が賭けられた。

千八百両が動く大勝負となった。

いつにない緊張感が、場に漂う。ゴクリと生唾《なまつば》を呑む音が、あちらこちらから聞こえてきた。

「丁半そろいました。勝負!」

お倫がいつもの所作で、賽壺を開ける。

「四六の丁!」

どっと場にざわめきが起こった。


五百両を失った長門守は、帳場に行くと旗本の戸田に泣きついた。

「千両貸していただけぬか? このとおりだ」

土下座をせんばかりに、借財を乞う。

「千両なんて……五百両ならばよいが」

「あとの五百両は、竹井一家が都合つけやしょう」

話が決まって、さらに千両が貸し付けられた。

「……これで、三千両はゆうに超えましたぜ」

「長島藩は気の毒なものよ」

三千両くらいの借財で、大名が破産したことは幕府開闢《かいびゃく》以来一つとしてない。

取りっぱぐれがないと、二人はほくそ笑んだ。

とはいえ、長島藩の手もちの現金は金蔵にある二千両を残すのみとなっていた。

出入りの両替商にも一万両の借財があり、藩の財政は火の車だった。

長島藩にとっては、なんとしても帳消しにしたい。その成否が白九郎にかかっていた。

席に戻った長門守が、新たに、白九郎との勝負を申し出た。

「千両の大勝負なんて、滅多に見ることができませんからね」

ほかの客たちはこの勝負には加わらず、見守る側になった。

文字通りの一対一《サシ》の勝負がはじまる。

――お倫、白九郎に勝たせろ。

竹五郎が合図を送った。

「それでは、入ります。壺……」

大勝負でも、お倫の所作は変わらない。見事な壺さばきであった。

賽壺が伏せられ、お倫は壺から手を離すと左右の掌《てのひら》を開いてかざした。さあ、どうぞとの仕草であろうか、手目《いかさま》はないとの証《あかし》であろうか。どちらにも取れる所作であった。

長門守はなかなか張ろうとしない。丁半いずれとも決めかねている。

「先に張ってくれ」

白九郎に譲った。牙黒の尻尾が右を向いている。

「それでは、先に張らせてもらうぜ」

伝法《でんぽう》な言葉で、白九郎が返す。

「半！」

葛籠二箱を横にして置く。

「丁」

長門守は、千両貸し出し証文を四つ折りにして、縦にして置いた。

「丁半そろいました。勝負……」

壺が開いて、間髪いれずに出目が読まれる。

「五二《グニ》の半！」

白九郎は二千両を手にした。

「……牙黒。二千両できたぞ」

〈そうですねえ〉

小声で話しかけ、小声で返す。

これからが、白九郎にとっての正念場である。この二千両を、四千両にせねばならない。

いい勝負を見たと、客たちはその後の博奕に手を出すこともなく、そろって引き上げていった。

賭場に残った客は、帰るに帰れなくなった長門守と、白九郎の二人となった。

「そちらにいる戸田のお殿様と、竹井の親分さんにお願いしたい。どうか、この二千両を賭けての勝負、受けていただけやせんか？」

思いもかけない、白九郎の申し出であった。

「なんだと！　それだけ儲けて、まだ欲を張ろうってんかい？」

「これじゃ、足りませんので」

「足りねえってのは？」

竹五郎が、声を絞り出す。

「御家人の家に生まれたおれですが、道を外してとうとう家を勘当され、極道になってしまいやした。御家人やくざと蔑《さげす》まされて、どれほど悔しい思いをしたか知れやせん。そんなんで、このへんで気持ちを切り換えて足を洗いてえと……」

なるべくやくざ口調で語る。

「それで、金が必要だというのか？」

旗本の戸田が問う。

「はい。ある人から言われました。四千両あれば、御家人株が買えると……」

にわかに白九郎の言葉が改まった。

「それほどの額でもないと思うが……」

不審がる戸田に、白九郎は答える。

「まずは借金を返しやせんと。それと、いろいろ物入りで……。どうか、二千両の勝負を受けてもらえませんでしょうか？」

白九郎は深く頭を下げた。

「うーむ……」

戸田が渋面《じゅうめん》を作って腕を組む。

「勝負がでかすぎるぜ」

竹五郎も躊躇《ためら》いを見せた。

お倫が壺を振るゆえ必ず勝つと思っている二人でも、迷いが生じる。それほどの大きな賭け金である。

「よほど、勝負に自信があるようだな？」

戸田が訊いた。

「負けても失うのは元手の五百両。御家人やくざをつづけるだけです。御家人株を買える絶好の機会が今なんです。勝負しないわけにはいかないでしょう」

「よし分かった。いい度胸だな、若いの。この勝負、受けて立とうではないか」

「ああ、竹井一家も乗るぜ」

どうせ勝つのは決まっている。そんな思いを押し殺して二人は首を縦に振った。

「それでは、二千両の勝負、受けていただけやすね？」

白九郎が念を押す。再びやくざ口調に戻った。

「ああ、武士に二言はない」

気の毒な若者だと思いながらも、戸田は表情を変えることなくうなずいた。

九

二千両を賭けた、戸田との勝負がはじまる。

お倫が壺を振れば、出目は戸田のほうに転がる。端《はな》から白九郎は承知であった。

金の代わりに、白九郎に駒札一枚が渡される。

借財が三千二百両に膨《ふく》れ上がった長門守は、白九郎のうしろに下がって勝負の行く末を見守る。長門守の座っていた席に、戸田が腰を下ろし、勝負のときを迎えた。

「それでは勝負に入ります。壺……」

「ようござんすね？」

片肌に雪椿一輪を見せて、お倫は壺を振った。

賽子が壺に伏せられた。

「おまえから先に張ればよい」

戸田が余裕の顔を見せて言う。牙黒の尻尾が右に折れ、半目を示している。

「それでは、お言葉に甘えまして……半！」

二千両の駒札一枚を横にして、白九郎は置く。

「丁だ！」

戸田の声が、盆の上で轟《とどろ》く。

「丁半そろいました……」

こんな大勝負でも、中盆の口上は変わらない。

「勝負！」

場にいる全員の咽喉《のど》が、ゴクリと鳴った。

お倫が賽壺に手をかけたそのとき――。

「ワン」

と、牙黒のひと吠えがあった。

――そのまま壺を開けてと言ったのかい？

お倫には牙黒の、この一言だけが心に通じた。

――ああ、そうするつもりだよ。

そのまま賽壺が開けられる。

「一六《ピンロク》の半」

出目を読む中盆の辰吉の声が震えている。

「なにぃ、半だと？」

半のはずがない。盆茣蓙《ぼんござ》にのる賽子の出目に、戸田と竹五郎は目を凝《こ》らした。

一と六の出目は変わりない。

「二千両は、こっちのものですね」

白九郎が、戸田の膝元《ひざもと》にある駒札を手にして自分の札に重ねた。

「……これで、四千両」

にっこりと笑い、白九郎は牙黒に目を向けた。すると牙黒も黒い歯を出して笑っている。

「お倫、てめえ……」

呻《うめ》くような竹五郎の声であった。

「何をするのさ?」

竹井一家の若い衆三人に取り押さえられ、お倫が連れていかれようとしている。

「お倫さんに何をする? 離しやがれ」

白九郎が怒声を発するも、はいそうですかと聞くわけもない。

「おい竹五郎、こいつらを……」

頭に血が上った戸田右京之助は、前後の見境もつかずに怒り声を発した。

「へい。おい、てめえら……」

戸田と竹五郎の号令で、竹井一家の子分たちが長脇差《ドス》を抜いた。

ざっと見て十人いる。これならば、白九郎は相手にできる。しかし、白九郎にはよくしてくれた連中である。やり合う気は毛頭なかった。

「竹井一家の貸元とあろうお人が、ずいぶんと往生際《おうじょうぎわ》が悪いんでやすねえ。あんたの子分衆とやり合う気はさらさらねえ」

白九郎が落ち着いた声で、竹五郎に話しかけた。そして顔を戸田に向けた。

「長島藩の殿様を博奕漬けにして三千両を巻き上げ、それを若年寄へ手土産としてもって行き、自分の出世を目論んだ。さらに長島藩の取り潰しまで企てたことは承知のことでえ」

白九郎の啖呵《たんか》に、戸田の顔色がにわかに変わった。

「最後の四千両の勝負だって、お倫さんに出目を変えさせようとした。どうなんでえ、貸元。あんたも博徒の親玉なら、賭場の不始末ぐれえてめえでつけたらどうでえ」

――こいつは、こっちの負けだ。

観念したかのように、竹五郎が声を絞り出す。

「おい、お倫を離してやれ。それと、刀を収めろ」

「竹五郎、おまえ……」

土壇場《どたんば》で裏切られた戸田は、自分の配下の三人に命ずる。

「家来を、全員ここに集めろ」

「はっ」

と声を発し、三人が出ていった。だが、すぐに戻ってきた。

「駄目です。誰もここには来られません……」

「なんだとう。なにが起こった？」

「犬が……」

「犬がどうしたというのだ？」

「おびただしい数の犬どもが、この離れ家を囲んでおります」

百一匹はいようか、野犬の群れが賭場となっている離れを取り囲み、長屋塀に住む家来の襲来を阻止していた。

「四千両をもって帰ろうなんて、思ってはおりやせんぜ」

白九郎の言葉に、戸田右京之助はガクリと膝《ひざ》をついて、うなだれた。

「お殿様の借金は都合三千二百両。八百両をいただけば、これでちゃらでありやすね」

長島藩が用立てた千両には届かず、二百両がもち出しとなったが、これで長門守の借金は帳消しとなった。

これは戒《いまし》めであると、長門守は自身に言い聞かせた。

〈雷電の親分、造作かけました〉

牙黒が、野犬を率《ひき》いる雷電のもとに近寄って言った。

〈いいってことよ。それより、うまくいったかい？〉

〈おかげさまで、うまく治まりました。いま、兄いが出てきますから……〉

白九郎とお倫、そして長門守が一緒に離れ家から出てきた。長門守は八百両が入った葛籠《つづら》を背負っている。お倫の手には、店の権利書が握られていた。

「お倫は余が連れてまいる」

長門守の言葉に、白九郎は小さくうなずいた。お倫を見ると、無言である。

「それにしても、おびただしい数の犬だな」

「こいつらが、救ってくれたんですぜ」

「左様か……」

大名松井長門守喜秀が、犬たちに向かって一礼をした。

白九郎と犬たちに見送られ、先に長門守とお倫が裏木戸から出た。一町離れたところに、黒塗りの大名忍び駕籠が用意されている。八人ほどの警護侍も待機していた。家老の手配によるものであった。

前後六人の陸尺《ろくしゃく》が担《かつ》ぐ大ぶりの駕籠だ。長門守が言った。

「お倫、乗りなさい」

しかし、お倫は首を横に振った。

「あたしは、お殿様と一緒には行けません」

「なにゆえだ？」

「お父上のことが……」

「お父っつぁんのことは案ずることはない」

「いえ、それに肩に彫り物がある女なぞ、お殿様のそばにいられるはずもありません」

お倫の肩に彫られた雪椿一輪が、長門守の目に浮かんだ。それがもとで疎《うと》んじられ、側室にしても苦労するのはお倫であろうと、長門守は察した。

「分かった。ならば……」

それ以上は何も言わず長門守は駕籠に乗った。そして、静かに出立する。

お倫が一人たたずむところに、白九郎と犬たちが近づいてきた。

「あれ、お倫さん？」

「お殿様を、振ってやったのさ。博奕好きの男なんて、もうまっぴら。あたしも

「これで、きっぱりと博奕から足を洗います」

　店も戻ったことだし、煮売り茶屋をつづけるとお倫は明るく言って、白九郎たちと別れた。

　犬たちとの約束を果たさなくてはならない。

　柳原通りに出ている蕎麦屋の屋台を五軒、この夜は貸し切って蕎麦《そば》とうどんの大盤振る舞いとなった。

　屋台の庇《ひさし》に『人間お断り』の貼り紙が垂らされる。

　腹を満たした犬たちは、それぞれの塒《ねぐら》を目指して散っていった。

　帰り道で、牙黒は白九郎に訊ねた。

〈お倫さんはなんで殿様と一緒に行かなかったんです？〉

　白九郎は、お倫が言ったことを牙黒に伝えた。

〈そうだったんですかい。そうなると、兄いも嫌われたってことですねえ〉

　牙黒は犬ながら気の毒に思いつつ、黒い歯を白九郎に見せた。

この作品は徳間文庫のために書下されました。

徳間文庫

御家人やくざと無頼犬
ようござんすか

2013年12月15日 初刷

著者 沖《おき》田《だ》正《しょう》午《ご》
発行者 平野健一
東京都港区芝大門二−二−一 〒105−8055
発行所 株式会社 徳間書店
電話 編集〇三(五四〇三)四三四九
販売〇四八(四五一)五九六〇
振替 〇〇一四〇−〇−四四三九二
印刷 図書印刷株式会社
製本 東京美術紙工協業組合

ISBN978-4-19-893770-6 (乱丁、落丁本はお取りかえいたします)